le dialogue des carnes élites

Didier Moity

LE DIALOGUE DES CARNES ÉLITES

(Petit Ecrit à Tiroirs)

© 2019 Didier Moity

Éditeur : BoD-Books on Demand
12-14 rond-point des Champs-Élysées, 75008 Paris
Impression : Books on Demand, Norderstedt, Allemagne

Du même auteur

Disponibles en librairie

Bazar et Cécité   2018

Soixante-dix-sept   2015

Autres écrits

Le dodo de Dadier   2016-2018
Petites histoires et piécettes du « théâtre de Dodo ».
Produit d'une (très) étroite collaboration avec Maura Murray

Toujours un pet plus loin   2014-2017
Cinq Petits Écrits à Tiroirs : *Augustin qui n'était pas un Saint - Le monde petit d'Augustin - Soixante-dix-sept - Capilotades exquises - Ainsi parla Bacbuc.*

Charles Bantegnie 1914-1915   2014
Préface et traduction

Remerciements

Maura et Laura, pour les fastidieuses séances de relecture

Yves, pour ses encouragements

Rica et Usbek pour leurs bonnes manières

Le volubile et inquiétant vieux monsieur du quai numéro 18 de la gare Saint-Lazare à Paris qui, un soir de Juin 2018, attendait impatient sa fille très en retard.

Marie-Madeleine B. et son rappel permanent *"Il faut vivre avec son temps, il n'empêche, le progrès tuera l'homme quand même!"*

Louis Gillespie qui m'interpela avec malice lors de notre ultime rencontre ; *"Tout un chacun se révèle coupable d'avoir commis un poème ou quelques écrits pendant sa jeunesse. Fort heureusement, la plupart d'entre nous s'arrête là"*

Sans omettre la très chère

Avertissements

Par souci de simplicité, les tribulations *Augustiennes* sont narrées dans la langue dite de Molière. A quelques rares exceptions prés que tout un chacun, même s'il n'est pas polyglotte, pourra apprécier à leurs justes valeurs. Le lecteur pointilleux pourra bien sûr rétablir les dialogues des protagonistes dans leurs langues d'origine ou dans toute autre langue de son choix. Que le noircisseur de pages en soit pardonné, il s'en moque un peu, l'affaire lui parait déjà suffisamment peu simple à raconter …

Pour le reste, toute ressemblance avec des faits réels, des personnages existants ou ayant existé, voire de célèbres institutions serait totalement irresponsable mais volontaire.

* * *
*

« Au fait, pourquoi il ne faut pas raconter ses rêves ? Les gens, ils se croient des petites merveilles, tout ce qu'ils font, tout ce qu'ils sont. Ils s'attribuent une importance... , s'il fallait, par-dessus, encaisser le récit de leurs rêves, on n'en finirait plus. »

Raymond Queneau ; Les fleurs bleues

chapitre 1   Sang dessus dessous

Il avait bien cru sa dernière heure arrivée lorsqu'il entendit le réveil sonner puis, juste après, le cri de son perroquet couvrant le timbre *glockenspielien* choisi par ses soins. Cette séquence bien respectée lui confirma en être sorti vivant.

Un songe bien glauque avait mobilisé les neurones d'Augustin Triboulet[1] et produit le film d'horreur sanguinolent qui l'avait terrifié.

La dernière scène le voyait se diriger vers l'entrée de la boucherie de quartier où il comptait acheter sa tête de veau hebdomadaire ; on a ses habitudes, voire ses faiblesses. Il y entrait lorsque deux personnages sveltes, de grande taille, cagoulés et vêtus de noir surgirent devant lui. D'un geste rapide, le plus grand le prit pour cible en le vaporisant avec un spray rouge, avant de s'engouffrer avec son comparse dans le magasin bondé. Ils se propulsèrent d'un bon impressionnant sur le comptoir pour y déverser le contenu de deux bouteilles emplies d'un liquide écarlate. Le tout en aspergeant au passage les apprentis bouchers abasourdis. Les deux acrobates proféraient à haute voix des *"Spécistes[2]!"*, *"Assassins!"*, *"Tortionnaires!"*. Un des apprentis, très remonté essaya bien de les agripper mais ils se déplaçaient lestement et se déjouèrent sans mal du courageux commis (d'office). Ils finirent par se jeter parmi les clients apeurés et bien éclaboussés, avant de sortir du magasin aussi vite qu'entrés, bousculant toute présence sur leur passage. Augustin étaient toujours sur le trottoir. Il était écarlate, suite à la généreuse vaporisation, à moins que cela ne fût de colère. Il eut alors la mauvaise idée de se déplacer latéralement et d'avancer un pied dans l'encadrement de la porte de la boucherie ... Sans doute une vague envie de faire le malin face aux agresseurs. Ceux ci, trop agiles pour se laisser piéger, évitèrent avec aisance la vaine tentative de blocage. Un coup de boule bien ajusté plus tard, Augustin se vit propulsé en arrière sur la rue des Martyrs, au moment même où le bus 67 la remontait *à plein gaz*. Ce qui ne préjuge pas du type de carburant utilisé par le mastodonte lors de sa puissante ascension ...

A cet instant précis, Charlie[3] - le perroquet domestique d'Augustin - un volatile très ponctuel, avait lancé à tue-bec le superbe cri *"LEROY JENKINS!"* matinal qui accompagnait avec précision la sonnerie de son réveil électrique. L'ensemble était le résultat d'un entrainement laborieux. Il avait fallu pas mal de patience pour enseigner à son psitacidé de compagnie cette réplique culte qu'un joueur de Warcraft avait rendu célèbre. Davantage encore, pour que Charlie accepte de se caler sur le bruit du réveil pour crier et ainsi masquer les accents insipides du glockenspiel électronique.

En tout état de cause et fort heureusement pour Augustin, ce cri de guerre virtuel le sortit de son cauchemar juste avant qu'il ne se fasse éparpillé - façon puzzle, il va sans dire - par le véhicule ératépien qui gravissait la colline de Montmartre.

Il est maintenant complètement réveillé. Passé le moment de torpeur, le soulagement domine :
"Il s'agit donc d'un mauvais rêve et de plus, je suis toujours en vie, en dépit des menaces passées [a]".

---
a voir *"Bazar et Cécité"*

le dialogue des carnes élites

Constat rassurant, s'il en est. Il se lève et quitte sa chambre pour aller saluer, plein de gratitude, son sauveur de perroquet auprès duquel il s'engage désormais à poursuivre le cours d'une existence la plus tranquille possible.

« Promis juré il ne ferait plus le malin »

La chose n'est pas si facile pour ce distrait et impénitent aiguilleur de destin, qui reste peu de temps en place. Mais et c'est bon signe, il pense n'avoir aujourd'hui dans son agenda qu'un nouveau rendez vous avec la culture. Une petite carte d'accès illimité aux musées de la ville de Paris trône sur son bureau, flambant neuve. Il lui suffit de décider où aller, enfin plutôt, où se laisser un peu (juste un peu) porté par le hasard et les nécessités d'un monde qu'il continue à trouver bien singulier …

* * *
*

"Je suis le piéton de la grand'route par les bois nains; la rumeur des écluses couvre mes pas. Je vois longtemps la mélancolique lessive d'or du couchant"

Arthur Rimbaud

chapitre 2   Où l'on déambule dans Paris, un tant soit peu.

Augustin Triboulet aime et redoute les coïncidences car il le sait par expérience, elles peuvent être annociatrices de surprises à venir. Il se promenait et écoutait distraitement un podcast grâce à cette petite oreillette sans fil qu'il adore arborer, façon agent très spécial. Un illustre inconnu dévidait dans son oreille une tonne de lieux communs sur le thème du *voyage*. Le ton lénifiant du culturel de service berçait sa déambulation nonchalante pendant qu'il s'engageait sur le pont-écluse de la rue Eugene Varlin, là où elle enjambe le canal Saint-Martin.

"Une très belle fin d'après-midi de début de printemps. L'air est sec, la lumière déclinante se teinte légèrement d'orangé dans un ciel sans nuage. Hum, encore un bel anticyclone sur un Paris bien pollué", s'était-il dit.

Alors qu'il traversait le pont, le podcastien s'était mis à citer le poète voyageur, le dénommé Rimbaud. Le mot écluse du poème lui fut susurrée dans le creux de l'oreille alors que son regard suivait une péniche immobilisée entre les vantaux situés juste en contre bas.

"Coïncidence troublante? Non ! Joli momentum voilà tout, la vie est bien faite, parfois" se rassura-t'il.

* * *

L'embarcation poursuit sa lente ascension dans le bassin de l'écluse qui se remplit. Elle est bardée de touristes ravis, asiatiques pour la plupart.
"Ecluse pour écluse, autant s'arrêter un peu".
Augustin écoute et savoure les citations d'Arthur Rimbaud que le podcast continue à déverser en même temps que le niveau de l'eau monte sous ses yeux. Il en est un peu surpris vu sa très faible appétence pour la poésie. Cela date du temps du lycée. Il y avait ce professeur qui avait décidé d'étudier Malarmé pendant tout un trimestre. Parvenant à dégouter de l'écriture poétique toute une classe déjà peu disposée à apprécier les divagations du styliste absolu ; une heure truffée d'interminables diarrhées verbales enflammées, rien que une strophe, ne lui faisait pas peur.
"Sans doute le syndrome de l'enseignant-poète raté et frustré ?" Se remémore Augustin.

Pourtant cette fois, les mots de Rimbaud, *le piéton poète,* le ravissent. Peut-être parce qu'à ses yeux cela redore le statut de marcheur qu'il revendique avec fierté ; une activité très chronophage depuis qu'il habite Paris, depuis presque toujours lui semble t'il. Il ne déteste pas non plus afficher une certaine condescendance voire de l'arrogance envers ses proches et certains amis jugés trop sédentaires à son goût. Alors, si en plus il peut s'appuyer sur du culturel avec ce Rimbaud pour embellir son activité favorite... C'est bien simple, Augustin frôle l'extase.

Le spectacle du monde, écluse comprise, ne le maintient pourtant pas durablement dans le nirvana poétique. D'un geste définitif, il met un terme au *"fond parlant"* du podcast en retirant son oreillette et profite de la vue pour observer la péniche aménagée tourisme qui s'engouffre en douceur sous le pont-écluse. Le vantail de sortie vient de s'ouvrir. Accoudé sur la rambarde en fer forgé, il scrute les visages béats des passagers en contrebas qui l'observent et souvent le photographient. Multitude de faciès, pour beaucoup masqués par un smartphone brandi fièrement devant soi pour prendre la

le dialogue des carnes élites

photo du siècle. Il se demande si son image, mainte fois photographiée, sera diffusée sur les réseaux sociaux avec les bons commentaires pertinents à la clé. On a sa fierté! Il est réaliste, il s'agira, pour la plupart de ces touristes, de pouvoir prouver que *ce fût un beau voyage culturel à Paris*. Le selfie reste certes une valeur sûre, en revanche le cliché décalé que l'on veut original améliore le score du *gloriomètre* personnel. Tout *instagrameur* ou *facebookien* impénitent le sait bien. C'est à ce prix que les *"j'aime"* affluent!

Augustin imagine les légendes qui pourront attester que le cliché de sa personne n'était pas une simple photo volée sur le net, mais bien un instant unique, historique même, que le *touriste-apprenti-aventurier* a capturé, au péril de sa fade existence, sur un canal, à Paris ...

" *A real parisian !*"
   " *French people look so lazy !*"
     " *This one is not on strike (yet), why ?*"
       " *I thought they all had a yellow jacket ?*"
     " *They do have big noses here, don't they ?*"
   " *A sexuel Predator looking for his prey ?*"
"... "

Le bon niveau d'anglais d'Augustin lui permet de poursuivre ses élucubrations pendant un temps. Il est en revanche un peu déçu de ne pas pouvoir élaborer d'avantage sur le sujet en langue chinoise vu le nombre d'asiatiques dans l'embarcation.

"Un peu tard pour s'y mettre, quoique ..." songe-t'il, toujours appuyé sur la balustrade qui surplombe le canal. Arthur (Rimbault) est bien loin maintenant, ainsi que la péniche d'ailleurs. Il se décide à reprendre sa marche et se dirige vers Belleville, objectif initial de sa petite balade du jour. Plongeant machinalement les mains dans les poches de sa veste il en tire une lettre un peu fripée. Il se souvient de sa première réaction lorsqu'il l'avait reçue :

"Pas courant le courrier de nos jours ... et de Chine en plus"
C'était le mois dernier, son aimable et omniprésente concierge la lui avait remise peu après l'avoir interpellé depuis la loge.
"Monsieur Augustin, venez donc!" - c'était sa manière de faire quand il pénétrait dans le hall de son immeuble.
"J'ai regardé, cela ne vient pas de la famille d'Arthur [4][b]"
Augustin n'avait pas tenté de s'offusquer suite à cette énième intrusion de la concierge dans sa vie privée que déjà elle embrayait,
"Et j'espère qu'il va bien au moins le petit, maintenant qu'ils vivent chez les Allemands" Le silence qui suivit fut vite rompu,
"Faut dire! Je n'ai pas beaucoup de nouvelles! Ces jeunes, c'est comme ma fille, quels ingrats!"
Augustin ne tenta aucune remarque. Totalement inutile, question conversation, Marie-Angèle[5] se suffisait à elle même. Il fut juste légèrement surpris par sa dernière saillie,
"Bon! Vous n'allez quand même pas aller en Chine maintenant ? ... C'est que je ne vais pas m'occuper de votre perroquet éternellement moi!"
Augustin, trop habitué au sens caché des diatribes de Marie-Angèle, avait cru déceler la trace d'un certain ennui. Le plus souvent son aimable cerbère le rudoyait, tout en pensant exactement le contraire de ce quelle disait. Regretterait-elle l'agitation générée par ses mésaventures précédentes[c] ? Après vingt ans de cohabitation plus ou moins pacifique, le célibataire endurci et la concierge omniprésente ne pouvaient guère se mentir.
"Hum, va falloir que j'occupe un peu ma chère Marie-Angèle, sinon elle va finir neurasthénique".
Il avait ouvert l'enveloppe qui avait alors laissé tomber la photo d'une jeune femme. Fort heureusement, Marie-Angèle était déjà ren-

---

b *On aura deviné qu'il ne pouvait pas cette fois s'agir du poète. Le doute était permis. Dorénavant, le lecteur hésitant est invité à se référer en annexe à la liste des personnages déjà rencontrés lors de pérégrinations précédentes d'Augustin Triboulet. Tout à la fin. On ne le dira plus.*

c *Voir « Bazar et Cécité »*

le dialogue des carnes élites

trée dans sa loge, ce qui lui évita un bon quintal de questions. Il avait ramassé la photo, sans reconnaitre qui que ce soit.

"*Le portait d'une chinoise - enfin d'une asiatique - en tenue très jeune cadre, à l'occidental*". Il avait ensuite découvert une courte lettre rédigée en français. Celle-ci avait sans doute pris forme du coté de chez *GoogleTrad* ou d'un équivalent local. Sur ce point il ne pouvait être formel, il connaissait mal le moteur de recherche Chinois *Băidù*, qui n'a guère que cinq ou six cent millions d'usagers réguliers...

"*En tout cas cette traduction a été réalisée avec l'instruction 'contenu très formel' ou même 'empâté'...*" avait-il pensé. On pouvait sentir les effluves d'un léger parfum. L'écriture manuscrite soignée, d'un joli bleu, ajoutait un rien de préciosité hors d'âge.

A Chongking ,
Année du Cochon de Terre, second jour de la période solaire du réveil des insectes

Cher Monsieur Augustin Triboulet

Je suis extrêmement honorée de vous adresser cette missive qui je le souhaite vous trouvera en très bonne santé. Mon ancien patron, Mr Teddy Iomiri, m'a autorisée à vous contacter car j'escompte bien voyager en votre continent très prochainement et Mr Teddy Iomiri a beaucoup demandé que je vous serre la main avec déférence quand je parviendrai en votre illustre ville.

Une profonde reconnaissance me remplirait si vous daignez me donner un rendez vous que j'honorerai lorsque je serai à Paris très prochainement . Vous pouvez me proposer un lieu de rencontre en m'envoyant une missive par le courrier. Je m'appliquerai à m'y rendre avec une grande détermination.

Votre très obligée
Li Cheng

Suivait l'adresse postale de Li Cheng[6] à Chongking en Chine.

"Bizarre ça, recevoir une lettre, de nos jours!" S'était interrogé Augustin. D'autant qu'elle provenait d'une jeune collaboratrice de son ami Teddy qui travaillait dans la high tech!

"Si maintenant les millennials se mettent à envoyer leur courrier par la bonne vieille poste, où allons-nous!".

L'absence de coordonnées internet exigeait de toute manière une réponse du même type. Ce que fit Augustin. Il avait à cette occasion réalisé avec amusement qu'il n'avait pas tenu un stylo pour écrire une lettre depuis fort longtemps. Le clavier et la souris étaient passées par là.

"Tiens, finalement je ne serais pas un authentique Digitalosaure[7] ?"

* * *

Augustin plie la lettre de Li Cheng qu'il replace machinalement dans sa poche. Ce faisant, il se rappelle subitement que dans la réponse qu'il a envoyée il y a plusieurs semaines, il avait proposé un rendez-vous du coté du Parc Monceau ... Précieusement aujourd'hui, dans une heure! Il est urgent de s'activer car sa balade distraite l'a conduit sur le Boulevard de la Villette, assez loin du lieu de rencontre prévu; le *musée Cenushi,* musée des Arts de l'Asie de la Ville de Paris. Une envie évidente de « faire oriental » lui avait dicté le choix de ce lieu atypique.

"Devoir rencontrer une jeune et jolie personne venue de l'autre bout du monde, c'est déjà pas si mal, mais rendons la chose culturelle à souhait", s'était-il dit en lui proposant ce lieu interessant quoique peu connu. Il avait précisé qu'il se tiendrait derrière le grand Bouddha, au premier étage, à coté des statues des huit cavalières musiciennes.

"Un très bel ensemble datant de la dynastie Tang", avait-il cru nécessaire de mentionner. On nait frimeur ou on n'est pas. Il avait aussi indiqué que le dit musée se terrait dans une avenue peu fréquentée prés du parc Monceau ;

le dialogue des carnes élites

"Un joli parc tristement méconnu pour les pelotons d'exécution qui s'y sont tenus durant la semaine sanglante de la Commune de Paris fin mai 1871. On y massacra les communards par fournées". Augustin s'était demandé si cette information était bien utile, mais il voulait juste faire un peu révolutionnaire.

* * *

Pour l'instant il s'agit de se dépêcher s'il ne veut pas être en retard au rendez-vous. Au point où il en est, autant continuer à pied jusqu'à la station de métro Colonel Fabien. Les prostituées chinoises, installées à chaque carrefour du boulevard de Belleville, l'accostent mollement, sans insister. Sans doute la présence de policiers occupés à confisquer les marchandises de vendeurs ambulants malchanceux. Il s'engouffre dans la bouche de métro, non sans avoir jeté un regard amusé à la coupole ultra moderne de l'ancien siège du parti communiste français. Bien entendu, la ligne 2 est bondée mais Augustin s'en rend à peine compte lorsqu'il pénètre dans la rame et se pose directement dans le couloir, entre les places assises. Poste stratégique si l'on veut parvenir à choper un siège qui se libère et aussi pour observer; car il s'est découvert une nouvelle manie, il ne peut plus se déplacer en transport en commun ou dans la foule sans se mettre à imaginer une vie et des mots - ou des maux - derrière chaque personne observée. Il y a le visage bien sûr et l'allure, la tenue vestimentaire, ce qu'il ou elle fait dans la vie …

" Lui là! L'obsédé du tir sur smartphone, ce n'est pas qu'un passe temps, il y a ce regard, les mouvements d'épaule, un tout qui transpire l'humeur du guerrier prêt à exécuter tous ses collègues dés qu'il sera au boulot"

"Et elle, à côté! Neurasthénique, le regard fuyant, sapée tout en gris avec sa petite mullette, c'est sur, elle s'est encore pris une gamelle en entretien d'embauche"

"Oh! Là, maintenant! Un binôme en voie d'extinction! La bien-comme-il-faut pincée et curieuse qui lit par dessus l'épaule d'un paisible retraité, son livre ouvert sur les genoux"

Et puis... À l'arrêt suivant, deux individus entrent dans la rame bondée, la trentaine, en pleine discussion. Ils parviennent à se faufiler jusqu'à l'allée centrale juste à côté d'Augustin qui n'en croit pas ses yeux. L'un porte un pantalon de couleur rouge et une veste beige entrouverte sur une chemise bleu foncé. Son compagnon se contente d'un jean bordeaux et d'un polo azur.

"Double Bingo", pense Augustin. Il vient juste de terminer la lecture d'une chronique sur cette mode discrète qui contaminerait mondialement et insidieusement les hommes en quête d'originalité; à savoir, pouvoir s'affranchir (enfin) de la tenue sombre triste et standard pour s'afficher avec la combinaison vestimentaire rouge-bleue, preuve indéniable - selon le papier - d'une vie pimentée, créative et surtout différente de celle du commun des mortels. Il s'est bien sûr demandé pourquoi cette association de couleur pouvait générer un tel effet.

"Le vert - jaune, façon Brésil, ça aurait pu le faire non ?"

Il doit pourtant l'admettre, on rencontre ce duo bleu-rouge plus que d'autres, de plus en plus souvent, partout et en toute saison. Des jeunes, des vieux, en bermuda-T-shirt ou en pantalon-trés-classe-petit-pull élégant, toujours bi-colores. L'allure de chaque individu trahissant à chaque fois une grande autosatisfaction... Et là, juste à ses côtés, en binôme! Pas banal! Augustin est maintenant fort occupé à imaginer une existence extraordinaire pour chacun de ses deux voisins. Il faillit, comme souvent, rater son arrêt.

Il sort, in extremis, de son voyeurisme rêveur en même temps que de la rame du métro à la station Parc Monceau. La population a bien changé depuis Belleville. Il se redresse machinalement en même temps qu'il aperçoit les postures droites et bien mises des passants de ce quartier grand bourgeois. Le musée n'est pas loin, il lui reste un peu de temps et il en profite pour traverser le parc. Assez petit mais bien agréable , tout imbibé des senteurs du printemps. Les bancs sont le plus souvent occupés par des jeunes femmes entourées d'enfants. Elles les surveillent, tous plus blonds les uns que les autres et qui braillent et jouent dans les allées. Au pair ou pas ? Il n'a pas le temps d'enquêter. L'origine des nounous semble avoir changé, il se souvenait des scandinaves - fort prisées - quand il avait visité ce parc, il y fort longtemps de cela. On fait maintenant dans l'africaine ou dans l'asiatique. Mais toujours sans aucun homme à la ronde.

Juste à la sortie du parc, un superbe portail aux dorures refaites donne accès à la très courte avenue Vélasquez. L'entrée du musée Cenuchi s'y niche, moins pompeuse, néanmoins très classe avec deux dragons en bronze aux sourcils dorés – certes il y a bien longtemps - postés de chaque côté de l'entrée. Il reste encore une heure avant la fermeture. Augustin sort fièrement son *pass musée de la ville de paris* et se dirige directement, tel un vieil habitué qu'il n'est pas vraiment, vers le grand escalier en pierre afin de rejoindre la collection permanente du premier étage. Ce faisant, il évite la petite foule agglutinée devant l'entrée de l'exposition sur la révolution culturelle chinoise.

"Dommage, je n'ai pas le temps d'aller voir l'expo, cette affaire là était plus costaud que le soft power chinois dont on nous abreuve aujourd'hui ..." Lorsqu'il arrive à l'étage, l'énorme Bodhisattva semble lui sourire.

Li Cheng est soulagée lorsqu'elle aperçoit le sexagénaire à l'arrêt derrière la statue. Cela fait trop longtemps qu'elle se promène dans le petit musée une photo en main. Tous ces Français se ressemblent tellement avec leurs gros nez! Mais là pas de doute, l'homme de taille moyenne, grisonnant, léger embonpoint, c'est bien l'ami recommandé par son ancien patron qui doit lui faciliter son installation en Europe. Durant cette attente qui lui a paru interminable, Li Cheng a parcouru les différentes salles du petit musée, passant distraitement des céramiques trois couleurs de la dynastie Tang aux énormes vases Ming . Cela lui inspira une vague impression de déjà vu ou de déjà appris à l'école, pourtant son esprit était ailleurs à se remémorer le fil des événements qui lui sont tombés dessus ces dernières semaines… A commencer par une convocation au siège local du Parti Communiste Chinois. Suivi de l'interrogatoire très précis et documenté sur son passé professionnel[d] et surtout l'étonnante proposition; passer six mois en Europe, en Allemagne précisément, pour faire du *tourisme éducatif* et partager ses impressions avec un correspondant. Une espèce de congé sabbatique, tous frais payés lui avait on dit,

"Afin de contribuer à une meilleure compréhension mutuelle entre les peuples"

Elle avait vite compris qu'elle n'avait pas vraiment le choix et avait été sélectionnée à cause d'un passé professionnel qui l'avait fait travailler avec des occidentaux. La suite s'était déroulée à grande vitesse. Juste le temps de prendre congé du travail – mais tout était semble-t-il arrangé d'avance - et de sa famille, passablement inquiète. Une injonction l'avait particulièrement surprise; il lui faudrait écrire régulièrement au chef de la section locale du Parti à Chongking par courrier postal uniquement. Elle serait contactée de la même manière, une fois installée, par un autre *"touriste"* un certain Zhao Tingyang[8]. Et surtout, il n'y aurait aucun usage d'internet toléré pour communiquer. Au tourbillon de ces événements s'était ajouté pour elle le long trajet en avion et une arrivée en trombe depuis l'aéroport de Roissy dans un taxi dont le chauffeur halluciné a tenu à lui expliquer les méfaits d'Uber en France. Le tout dans le détail et dans un anglais plus qu'approximatif.

Li Cheng navigue maintenant entre fatigue, excitation et inquiétude. L'identification soudaine de son contact lui fait perdre sa maitrise d'elle même. Elle qui voulait impressionner le vieil ami de son patron et l'aborder en s'exprimant dans un Français le plus authentique possible ... Se met à chantonner ...

"Rien, rien de rien, rien, je ne regrette rien!"

Le regard étonné d'Augustin, l'apercevant enfin après avoir entendu la voix fluette qui semblait émaner du Bouddha, renforce son malaise. Li Cheng ne se contrôle plus. Son cours accéléré sur la culture populaire française a laissé d'étranges traces dans sa mémoire, elle se met à chanter doucement,

---

d   Voir *"le monde petit d'Augustin"*

le dialogue des carnes élites

"Voulez vous coucher avec moi, ce soir ?"
Cette fois Augustin éclate de rire. Il est même tenté de répondre en chantant lui aussi,
"Tout, tout, tout ! vous serez tout sur le zizi, le grand, le pt'tit jouflu ..."
Il se ravise en contemplant le visage défait de la jeune personne maintenant pétrifiée qui lui fait face. Il se redresse et d'un ton solennel, qu'il essaie néanmoins de rendre chaleureux, lui parle doucement,
"Enchanté de faire votre connaissance mademoiselle Li Cheng"
Celle-ci reste muette, confuse. Augustin tente la diversion et se tourne vers la vitrine derrière lui en pointant de sa main les statues des huit cavalières musiciennes. Il s'arrête, silencieux face aux antiquités sans pouvoir évoquer *"la culture ritualiste, ancré dans une conception centrée et hiérarchisée de la civilisation chinoise"*. Ce n'est pas l'envie qui lui manque mais il s'aperçoit que Li Cheng refait surface. Elle s'avance effectivement, bien décidée à reprendre le tout à zéro et en anglais, moins risqué. Elle le regarde puis, bardée d'un sourire légèrement crispé, elle se lance ;
"I am very pleased to meet you Mister Augustin Triboulet. Your friend Teddy insisted that I see you as soon as I arrive in Europe"

le dialogue des carnes élites

Letttre de Li Cheng au commissaire politique de la septième section de Chongking

À Paris,
Année du Cochon de Terre, septième jour de la période de la pure lumière

Monsieur le commissaire politique,

Mon arrivée en Europe continue à se dérouler sans incidents majeurs et je vous soumets respectueusement cette nouvelle missive.

Deux semaines se sont écoulées depuis que ce monsieur Augustin dont je vous ai parlé m'a accueillie et recueillie en son domicile. C'est une personne très serviable qui m'explique beaucoup de choses sur cette ville de Paris. En fait il parle toute le temps. Surtout lorsque nous marchons (beaucoup) dans les différents quartiers de cette ville que finalement je trouve bien plus petite que sa réputation ne le laisse entendre.

Les habitants ne semblent pas faire attention à ma présence. Rencontrer une Chinoise n'est pas source de surprise ici et je croise nombre de nos compatriotes. En revanche les habitants sont d'une incivilité incroyable. Monsieur Augustin m'en explique les causes et les racines pour justifier ces manières de 'mal vivre ensemble' mais cela ne change rien. Hier encore, je me suis fait bousculer en passant mon billet de métro dans le portique. Un homme pourtant très bien habillé est survenu de nulle part pour s'engouffrer devant moi, sans s'excuser, pendant qu'une jeune fille se collait à moi pour passer sans même avoir de ticket. Le plus étrange est que cela ne semble choquer personne !

J'ai hâte de partir pour Berlin demain matin. Monsieur Augustin m'a confirmé qu'un parent à lui m'attendra à la gare principale. Il y aurait une possibilité de logement pour la durée de mon séjour et je m'en réjouis à l'avance.

Avec toutes mes considérations patriotiques,
Li Cheng

le dialogue des carnes élites

Letttre de Zhao Tingyang à Li Cheng

à Berlin
Année du Cochon de Terre, douzième jour de la période solaire de la pure lumière

Li Cheng,

Le commissaire politique de la septième section de Chongking m'a averti de ton arrivée prochaine en Allemagne et je me réjouis de bientôt pouvoir échanger nos impressions. Je suis installé en Europe depuis bien longtemps déjà et je peux mesurer la défiance grandissante envers la Chine et sa civilisation pourtant pluri millénaire. Il faudra que nous en parlions.

On m'a fait part de tes premières impressions sur la France. J'ai pareillement trouvé ce pays étrange et plein de contradictions. J'ai rencontré un vieux compatriote qui m'a expliqué cette "folie des grandeurs" qui animent les Parisiens en particulier. Une vraie mégalomanie consistant à vouloir épater la galerie en voulant faire de grandes choses sans en avoir toujours les moyens. Il faut les entendre comparer leur ville avec d'autres capitales en Europe, surtout celle des Britanniques, des gens qu'ils ne semblent pas beaucoup apprécier. Il n'empêche, je trouve comme toi cette ville bien petite. Quand je pense que notre belle cité de Chongqing s'étend sur une distance plus grande que ce qui sépare Paris de Londres. Et avec trente millions d'habitants ! Bien plus que la somme de ceux de ces deux villes soit disant Capitales!

J'attends avec impatience tes premières informations et impressions sur Berlin. J'y séjourne régulièrement et je dois te dire que pour l'instant les Berlinois me rappellent cette pensée :

"Ces hommes devraient s'inquiéter de leur renommée comme les cochons s'inquiètent de leur embonpoint".

Ceci me rend quelque peu perplexe en cette année du Cochon, douzième et dernière année de notre cycle Ji Hai qui doit nous apporter fortune et chance!

Avec toutes mes considérations patriotiques,

Zhao Tingyang

le dialogue des carnes élites

"La liberté d'opinion consiste souvent à se retrouver exposé, au moment de la construction du cerveau, aux hurlements du foot, aux conditionnements publicitaires et sectaires."

André Langaney (Charlie-Hebdo)

chapitre 3   Un vrai boute-en-train

Hippolyte Téflon[9] est un bel homme à l'allure imposante pour son âge et il le sait. Mais il est aussi un vieil homme inquiet. En permanence, pour tout et pour rien. Cela fait un bail que cela dure. En fait depuis son entrée dans l'adolescence, peu après la seconde guerre mondiale, ce qui signifie la fin des années quarante pour être précis. Autant dire qu'après toutes ces années, un tel tracas obsessionnel a pu laisser quelques traces bien visibles sur un visage marqué de profonds sillons. Jeune, son faciès affichait déjà un rictus contrarié, résultat d'une tension intérieure permanente, rancunière, du genre de celles qui ne quittent que rarement leur proie. Le temps n'a pas arrangé cette dureté grimaçante. De petites rides profondes encerclent des yeux bleus clairs et de fines lèvres très pâles. Le tout surlignant un visage émacié. Une silhouette toute en longueur finit de conférer à Hippolyte Téflon une allure à la fois inquiétante et triste.

Il est né en 1938 à Lausanne, année de la découverte du polytétrafluoroéthylène par un brillant jeune chimiste d'un laboratoire de la société Du Pont de Nemours. Découverte fortuite, réalisée bien loin de la Suisse et qui n'aurait pas du concerner le tout juste né Hippolyte. Sauf que ... les affaires reprenant après la guerre, la toute puissante multi-nationale réalisa l'énorme potentiel de ce matériau aux propriétés anti-adhésives exceptionnelles et de plus très résistant à la chaleur. On commença par simplifier l'appellation polyTEtraFLuOroéthylèNe, en baptisant Téflon ce matériau aux caractéristiques insolites. Ceci, au terme d'un bel exercice de créativité pour l'équipe marketing nouvellement créée. Très vite, une première application grand public marqua son temps; la fameuses poêle à frire du même nom *"qui n'attache pas"* envahit les foyers. Le tout jeune Hippolyte, déjà affublé d'un prénom peu courant commença à subir d'incessants quolibets à l'école et dans le quartier où résidait la famille Téflon. Le matraquage publicitaire pour les poêles magiques qui n'attachent pas était détourné par ses petits camarades (façon de parler), pour se moquer de son côté collant justement. Enfant unique, il était toujours à la recherche d'amis et s'immisçait lourdement dans les conversations ou les jeux de ses camarades de classe. Forcément *"on"* en avait inventé un qui consistait à faire semblant de s'enduire d'une matière invisible appelée Téflon pour ensuite se débarrasser, fut-ce à grands coups de pieds de l'importun collant et malheureux Hippolyte ... Celui-ci en vint très vite à détester son patronyme autant que sa trop grande taille, tous deux objets de moqueries permanentes.

Ses parents, très respectueux des us et coutumes Helvètes élevaient leur fils avec application mais sans fantaisie. Hippolyte avait eu une petite enfance très ordinaire. Les effets de la guerre avait été limités de ce coté là du Jura. On y était catholique bien pensant et assez satisfaits d'avoir pu échapper à toutes ces horreurs. L'Hippolyte adolescent aurait pu y trouver raison à relativiser les mauvaises blagues de ses tourmenteurs, mais non ... Il ne put que s'enfermer dans la souffrance et cette période de sa vie vira peu à peu à la paranoïa cauchemardesque. Il développa une rancoeur tenace et se mit à rechercher l'origine de ce matériau de malheur qui usurpait son nom et pourrissait sa vie. Pas facile à l'époque, de plus en anglais, de remonter jusqu'à *Dupont de Nemours*. De bibliothèques en journaux spécialisés, il finit par identifier les *"responsables"* ... et se mit à envoyer des lettres anonymes d'insultes aux découvreurs de cette matière chimique qui avait sali son patronyme. Cela dura un temps, sans autre effet que d'entretenir chez lui le ruminement de ses rancoeurs.

De nombreuses années furent nécessaires à Hippolyte avant qu'il ne mette de côté cette jeunesse peu glorieuse. A coup de voyages, émaillés de petits boulots plus ou moins officiels, presque toujours hors normes. Il était ainsi très fier d'être devenu le père-Noel officiel à la présidence d'un petit état Africain.

"Il leur fallait juste un blanc pour faire le job" disait-il en toute fausse modestie. L'Afrique des premières années de l'indépendance offrait beaucoup d'opportunités, surtout pour un Suisse, francophone donc fort utile, sans être le colonisateur honni. Après nombre de rencontres, plus improbables les unes que les autres, il finit par s'installer au large du Sénégal dans cet archipel récemment indépendant où il avait *"épousé"* une jeune Cap Verdienne de trente ans plus jeunes que lui. Un fils naquit qu'ils appelèrent Hugo. Le choix du prénom était une étrange idée de plus d'Hippolyte qui voulait que son fils porte les mêmes initiales que lui. Sa jeune compagne le quitta aussi vite qu'elle était entrée dans sa vie, le laissant en plan avec le très jeune enfant. Le tandem Hippolyte et Hugo dut se ressourcer un temps auprès de la famille Teflon en Suisse, avant de poursuivre une vie chaotique en Afrique de l'ouest d'abord puis plus longuement en Chine, un eldorado pour les agents commerciaux et autres intermédiaires de tout poil entre le régime communiste archaïque et l'occident concupiscent, près à tout pour s'incruster dans cet immense marché. Une opportunité pour le très doué Hippolyte qui ajouta une bonne pratique de la langue chinoise dans sa besace déjà bien pleine. Il noua de nombreux contacts et même quelques amitiés avec des jeunes cadres ambitieux du Parti Communiste Chinois. Dans la puissance mondiale renaissante, un Suisse, là encore, pouvait toujours s'avérer utile. Pendant toute cette période, le demi siècle d'écart entre le père et le fils avait fini par générer une espèce d'armistice permanent entre eux. Le père avait progressivement fait place à une espèce de grand père qui assurait correctement l'intendance mais s'impliquait peu dans la vie d'un Hugo devenu autonome et passablement rebelle. Le fils prit son envol dés sa majorité et partit s'installer en Europe. En Suisse d'abord, peut-être à la recherche de ses racines paternelles, puis très vite à Berlin. Ville sans doute moins étouffante pour un métis que la campagne Romande …

Hippolyte Teflon avait fini lui par rentrer lui aussi au Pays et vivotait du coté de Lausanne, lorsqu'il découvrit dans la presse le scandale de la pollution des sites de production du Téflon par Dupont de Nemours. Ils avaient déversé les déchets toxiques de la fabrication du Teflon depuis soixante ans au bord de l'Ohio. C'était en 2011 et cela provoqua chez lui un choc mémoriel, comme le disent les neuro-savants, avec un retour brutal à la case départ pour le quasi octogénaire. Il s'était pourtant cru dans la toute dernière ligne droite paisible d'une existence bien remplie, indifférent aux maux de notre monde et voilà que surgissait une furieuse envie d'en découdre et de combattre les puissances du mal, l'industrie en général et l'agroalimentaire en particulier. S'ensuivit une conversion brutale aux idéaux environnementalistes. Sans distinction, il adhéra à diverses mouvances écolo, d'abord gentillettes - il se mit à suivre *Arthus Bertrand* et sa fondation *good planet* comme un vrai groupy - puis passa aux figures catastrophistes qui sévissent sur internet, plus obscures les unes que les autres, et en arriva à adhérer à la mouvance Vegan la plus radicale. Ce qui l'attira ? Un jusqu'au boutisme sans concession, une volonté de revanche sur une société jugée criminelle qui dévastait la planète en toute impunité. A défaut de pouvoir s'opposer aux abus des multinationales, il pouvait, il devait s'opposer à l'agroalimentaire destructeur qui empoisonnait le monde et massacrait les animaux en toute impunité.

Et puis, il y avait les jeunes militantes converties au mode de vie Vegan. Hippolyte les trouvait fort agréables. Les *passonarias du légume dans tous ses états* lui faisaient un effet qu'il ne s'expliquait pas vraiment mais satisfaisait une libido toujours très active. Depuis lors, il naviguait de villes en campagnes, toujours à l'affut du dernier marché branché où il pourrait chasser la gueuse végétarienne. En ce moment, il y avait cette jeune activiste Berlinoise, Angelika, qu'il voyait régulièrement à l'occasion de visites chez son fils Hugo …

* * *

" Alors là! Cette odeur ! C'est pas dieu possible!"

Augustin Triboulet n'en croit pas ses yeux et encore moins ses narines. Il s'apprête à partager sa consternation avec son voisin, celui-là même qui vient de s'exprimer à très haute voix. Il se tourne vers lui pour engager la conversation mais celui ci, l'air furieux, l'ignore, visiblement tout aussi incommodé par le déballage en cours : le jeune couple assis en face d'eux vient en effet d'entamer la préparation d'un repas conséquent, en étalant toute sorte de victuailles sur les tablettes du carré partagé par les quatre occupants. Ils continuent sans aucune gène de vider un énorme sac à pique nique calé entre eux deux et répartissent son contenu sur toute la surface disponible, sans trop se soucier d'Augustin ni de son voisin. Tout y est, baguette, jambon, camembert et surtout une énorme terrine agrémentée de quelques cornichons bien alignés comme à la parade. Le tout dégageant un cocktail peu ragoutant d'odeurs fortes.

"Voilà un voyage intéressant qui se profile" s'était pourtant réjoui Augustin peu après son arrivée en gare de l'Est. Passer une dizaine de jours à Berlin! Certes pas sa première visite dans la capitale allemande, mais lors de chaque séjour les changements de cette ville mutante le surprenaient et il était prêt pour de nouvelles découvertes. Puis, à peine installé dans le carré qu'il lui était alloué, il avait vu arriver un couple - affamé sans doute mais encore discret – suivi d'un homme âgé et de grande taille qui, s'appuyant un peu excessivement sur une cane en bois joliment ouvragé, s'était frayé un passage en maugréant dans l'allée centrale encombrée du wagon.

"Ah l'heureux temps du compartiment qui donnait sur un couloir, au lieu de ces faux petits salons!" avait cru bon dire Augustin en se levant pour faciliter l'installation du personnage. Histoire d'échanger aussi avec ce singulier *Spécimen Rouge-Bleu*. Car ... Oui! Encore un! D'un âge bien avancé, exhibant ce bi-colorisme éclatant qu'Augustin affectionne tant étudier ces derniers temps. L'homme, bougon n'avait pas donné suite à sa tentative de conversation. Il en fallait plus pour décourager Augustin. Après tout, ce voyage devait durer et il avait aperçu la destination Berlin sur un ticket, brandi comme une menace par le peu aimable nouvel arrivant,

pour accéder à son siège. L'allure du *"membre et peut-être même doyen des Spécimens Rouge-Bleu"* méritait investigation: tout chez ce vieux monsieur intriguait Augustin; la tenue vestimentaire pour commencer, quoique qu'il ait déjà rencontré la combinaison pantalon en velours rouge grenat et polo en cachemire bleu clair, le canotier ensuite - ça oui, original - et enfin la taille de l'individu, un mètre quatre vingt dix peut être ? Sa tenue altière était renforcée par un visage dur troué de petits yeux au regard lointain qui cachaient mal une certaine appréhension. *"Le long voyage en perspective peut-être ?"* s'était dit Augustin à la recherche d'un nouveau prétexte pour entamer une conversation, chose qui d'habitude ne lui posait guère de difficulté. Il n'en a finalement ni le besoin ni le temps… Une manœuvre maladroite d'un des deux pique-niqueurs en puissance repousse maladroitement la terrine vers le milieu du rectangle formé par les tablettes. Le papier gras de boucherie ne freine en rien la chose un peu gluante qui continue sa glissade et finit par se stabiliser en équilibre juste au bord devant le voisin d'Augustin, prête à basculer sur lui. Ce dernier recule, saisi d'effroi, lève la tête vers le couple, le regard plein de colère.

"Non de non! Un peu de respect! Ôtez cette monstruosité!"

Augustin est aux premières loges et observe le vieil homme qui réitère son indignation avec véhémence devant le couple paralysé par l'injonction pourtant sans appel. Il hésite un peu entre le rire pour décrisper l'atmosphère et l'air contrit et compatissant mais réalise vite qu'il est déjà trop tard, Hippolyte Teflon - on a bien sûr compris qu'il s'agit de lui - se lève de son siège, saisit sa canne et lance un magistral

"Barbares spécistes!"

Augustin aimerait bien investiguer le sens de ce vocable encore peu usité mais comprend très vite qu'il est devenu le seul obstacle entre le vieil homme, manifestement très remonté, et le couloir. Il se dégage prestement à son tour de son siège, ce faisant il évite de justesse un moulinet de cane effectué avec panache par Hippolyte. Celui-ci, continue à la brandir, menaçante, puis d'un geste ajusté il fait valser la terrine et son emballage vers le couloir central – joli coup -

à l'instant même où Augustin y parvient. Impossible d'éviter le projectile gluant qui finit de s'écraser et de s'étaler sur le sol juste devant lui, sans bruit. Son élan ne lui a pas permis d'esquiver et il enfonce un pied dans la terrine mais réussit à se stabiliser sans glisser évitant ainsi une chute sans doute spectaculaire. Le couple toujours immobile et éberlué parait inquiet. Cette terrine! Leur terrine, à priori inoffensive, maintenant répandue sur le sol commencerait à presque les affoler. Moins que l'agitation d'Hippolyte qui poursuit les gesticulations avec sa canne tout en s'extrayant du carré, sans avoir même remarqué le superbe rétablissement d'un Augustin en pleine contemplation dégoûtée de sa chaussure droite.

" *Terrinisée ou patèîfiée ?*", il cherche un court instant le bon terme à retenir et surtout se retrouve soudain face à un Hippolyte en rogne. Il s'apprête à reculer, histoire d'éviter un coup de cane, mais l'irascible le prend à témoin,

"*Vous avez vu ça! Quel duo de malotrus!*"

Augustin est soulagé par cet amorce d'échange et tente résolument une approche complice,

"*Allons-nous-en! Ces individus n'ont aucune manière, prenons le large et accompagnez moi donc au bar!*"

Hippolyte toise Augustin comme s'il ne l'avait jamais vu - ce qui était un peu vrai - mais, est-ce le mot *"bar"* ? ... Il finit par faire un signe approbateur de la tête. Les deux hommes tournent définitivement le dos aux deux voyageurs soulagés et se mettent en route pour rejoindre le wagon bar fort heureusement proche. Augustin craint toujours un peu le dérapage et marche prudemment. Il surveille du coin de l'oeil la progression erratique de son compagnon d'infortune (tout est relatif) jusqu'au bar. Hippolyte, silencieux s'affaisse sur le premier siège disponible pendant qu'Augustin s'active auprès du barman afin d'obtenir de quoi nettoyer sa chaussure puis plus sérieusement pour acheter de quoi s'abreuver.

"*Comment ça, plus de bière ?*"
"*...*"

Augustin Triboulet n'est pas du genre à faire scandale pour une bière mais quand même! Et en plus dans un train pour Berlin!... Fidèle au respect du aux travailleur inoculé par un grand père socialiste, il n'insistera pas mais n'en pense pas moins. Le jeune barman est perplexe. L'arrivée burlesque des deux hommes dans le wagon bar l'a d'abord amusé, l'un claudiquant et l'autre beaucoup plus âgé et très agité brandissant bien haut une cane au lieu de s'appuyer dessus. Voir le second s'affaler sur un siège en laissant tomber son arme potentielle l'a rassuré mais il a maintenant son compagnon au comptoir exhibant une chaussure maculée d'une matière gluante en réclamant de quoi la nettoyer... Et puis cette pénurie de bière qui a l'air de fortement contrarier les deux individus! ... Heureusement, la découverte fortuite d'une bouteille de bordeaux permet au jeune et débrouillard débutant de sauver la situation et de se débarrasser du duo. Toujours est il que les deux *"personnages"* - c'est ainsi que le barman parlera d'Augustin et Hippolyte à sa copine en rentrant chez lui - finissent par se calmer et se caler dans un coin du wagon pour entamer une longue discussion. Du genre de celles qui, intemporelles, vous emmènent bien au delà de la première intention, boire un coup ensemble. Celle-là même qui leur fera traverser la ligne bleue des Vosges sans s'en rendre compte …

* * *

…

"Non! Augustin, je vous le redis solennellement, les animaux ne sont pas comestibles[e]!"
Hippolyte Teflon gesticule toujours autant. Et il parle, beaucoup. Une certaine familiarité s'est vite établie entre les deux hommes, trés encouragée par Augustin qui se délecte à découvrir un personnage peu commun. L'effet d'un bordeaux somme toute fort acceptable n'est pas anodin non plus. Tellement d'ailleurs qu'une seconde bouteille s'est vite invitée. Augustin est ravi de pouvoir passer à la question ce très particulier *Spécimen Rouge Bleu*. Par son âge déjà et aussi par une faconde élégante et datée. Il semble, de plus, intarissable sur des sujets aussi divers que la géopolitique ou l'écologie.

---

e *Voir* "Les animaux ne sont pas comestibles" de Martin Page, 2017

D'aucun pourrait se lasser de son ton monocorde, peut être irritant à force ? Pas Augustin. Question d'entrainement ... Et puis, cela reste une manière fort efficace de passer une dizaine d'heures de trajet en train sans avoir à regarder sa montre.

Augustin s'était décidé à partir pour Berlin sur un coup de tête. Cette jeune chinoise Li Cheng semblait s'être installée sans difficulté chez son neveux Manfred[10] et sa compagne Helena[11]. Aller rendre visite à sa protégée lui fournissait un bon prétexte - en avait-t'il vraiment besoin ? - pour les retrouver pendant une grosse semaine et explorer une capitale qu'il connaissait mal. Seule la perspective de devoir parler de *"la Chine"* ne l'enchantait pas. Il en a un peu soupé de tous ces articles et autres émissions de TV sur ce XXI ième siècle qui sera celui du Chinois dominateur etc ... Ce remake du péril jaune, il trouve cela très irritant à force, mais bon, il ferait avec.

...

"Maintenant , je vous l'accorde, les choses sont elles plus simples si on se met à la place du chasseur-cueilleur du néolithique ?"

Percuté de plein fouet par cette interrogation, Augustin se rend compte qu'il a décroché et s'en veut d'avoir perdu le fil de l'argumentation portée par Hippolyte sur la *tragédie des abattoirs* ... Il essaie bien de rebondir sur les chasseurs-cueilleurs en invoquant la richesse sociale du repas en commun à l'opposé de l'individualisme à l'heure des sandwichs et autre panini engloutis seuls dans un parc ou un transport; « *Faut il rappeler qu'après la chasse, la cueillette ou la récolte on partageait les repas ensemble, au lieu de s'isoler comme aujourd'hui, chacun dans son régime alimentaire, végétarien, végétalien, sans gluten ou sans graisse ?* » ... Rien n'y fait, Hippolyte l'interrompt

"Que né-ni! Il est temps d'imposer les non-carnivores! Il faut une vie sociale qui accepte la diversité alimentaire non carnée voilà le défi!"

Hippolyte est lancé et l'arrêter ne serait pas aisé. Face à ces fortes convictions, Augustin se contente d'écouter la suite mais décidément son attention décline. D'autant que le bavard, un peu engourdi par l'alcool, s'enferme dans une logorrhée sur les bienfaits de l'ingénierie génétique qui nous concocte déjà de très bons mets, « *Par exemple l'excellent T-bone de Tofu arrosé de sang de navet ou du jus de betterave...* » En définitif, il finit par se déclarer Vegan à presque 100%, car il y a les chaussures et il ne supporte pas l'idée d'utiliser du plastique en substitution du cuir. L'industrie s'appropriant ainsi le modèle Vegan. Une vision d'horreur pour Hippolyte, résultat sans doute de sa longue et douloureuse histoire personnelle avec une multi nationale de la chimie.

"Des chaussures fabriquées à partir d'un produit synthétique issu du recyclage de bouteilles plastiques ? Ah ça non!".
Il explique ensuite qu'il se chausse uniquement avec de la toile. Ce qui en hiver l'amène à chausser grand, afin de pouvoir porter deux paires de chaussettes. A l'issue d'une ultime réflexion sur le bien fait de la double chaussette pour la marche, il finit par cligner des yeux, puis par s'endormir assis, sans crier gare ni quoi que ce soit d'autre, devant Augustin, médusé mais soulagé.

"C'est curieux comme à force, les propos les plus intéressants peuvent paraitre insignifiants de bêtise lorsque le couinement régulier et assommant d'une voix prend le dessus ..."
Cette ultime pensée traverse son esprit avant que lui même, assommé, ne se laisse bercer par le roulis du train - juste le temps de se remémorer qu'il s'agit là du résultat d'une oscillation perturbatrice d'un véhicule ferroviaire autour d'un axe longitudinal passant par son centre de gravité - et il sombre dans un sommeil aussi profond que celui d'Hippolyte, déjà bien installé dans les bras de Morphée. Le wagon bar est vide en cette heure avancée, à l'exception du barman témoin du double assouplissement. Il est hilare mais prudent. Il parvient à ranger son comptoir en prenant soin de glousser en silence. Un exercice difficile qu'il réussit. Le rire muet ne serait finalement pas l'apanage du clown.

* * *

Augustin hésite un peu mais finit pas secouer doucement Hippolyte qui s'est recroquevillé sur son siège. Sa grande taille fait que sa tête fait face à la vitre. Elle oscille légèrement devant le paysage urbain qui défile. Le wagon bar est vide, un volet métallique clôt le comptoir. Augustin accentue un peu la pression et le vieil homme se réveille. Sans un mot, il se redresse et finit par retrouver son canotier dont il se coiffe. Une fois réinstallé, il se tourne vers Augustin prêt à renouer avec la conversation en cours.

"Où en étions-nous ? Vous ai-je dit que j'ai fait analyser mon sperme ? Eh bien si! Il est certifié de très bonne qualité, je peux toujours avoir des enfants! Et d'ailleurs je vais en parler à ma petite amie qui m'attend à Berlin. Ce n'est pas mon insolent de fils qui va m'en empêcher le savez vous ?"

On pourrait être surpris pour le moins, par cette exposition de vie privée, pas Augustin qui a trop l'habitude des dérapages cérébraux pour s'offusquer des propos de réveil d'Hippolyte. Il a appris beaucoup de choses sur cet homme, sans vraiment les lui demander. Assez pour conforter l'analyse sur l'originalité présumée des porteurs de couleurs *Rouge et Bleu* ... Hippolyte évoque maintenant en détail une relation compliquée avec sa dernière copine rencontrée chez son fils, d'où ces séjours réguliers à Berlin pour l'y retrouver. Il tient en particulier à confirmer à Augustin que ce n'est pas l'amour platonique qui l'anime. La conversation qui s'en suit ne laisse d'ailleurs aucun doute à Augustin; *"La fréquence de ses déplacements semblent témoigner d'une libido très honorable; respect, on verra où j'en serai à son âge!"*. Puis Hippolyte quitte le domaine de l'intime et change brutalement de sujet pour se répandre sur la Chine. Augustin réalise très vite à quel point ce thème est important pour son interlocuteur. Il n'évoque néanmoins pas sa protégée du moment, Li Cheng et se cantonne au minimum nécessaire à l'entretien du quasi-monologue du vieil homme. Il est question de la prononciation du mot "huit" proche du mot "richesse", ce qui en fait un nombre lié à la prospérité avec la combinaison "888" ultime porte-bonheur. Hippolyte poursuit ses explications avec le même enthousiasme en évoquant la nouvelle année du cycle Chinois, l'année du cochon, signe très prometteur.

Augustin profite d'une interruption dans le débit de paroles - il faut bien reprendre son souffle de temps en temps - pour proposer de regagner les sièges abandonnés en catastrophe plusieurs heures auparavant. Les voilà maintenant en route vers leur wagon, après une escale technique qui offre à Hippolyte l'opportunité de quelques ablutions salutaires. Augustin s'en réjouit vu que l' *"individu fouette un peu de la carafe"*. L'expression un peu ringarde lui vient en regardant ce témoin d'époques révolues surgir des toilettes. Le canotier qu'il arbore crânement y est sans doute pour quelque chose. La cane était restée dans le wagon bar, fort heureusement le barman tout sourire apparait soudain pour la leur rapporter. Le carré est maintenant vide. Aucune trace de la terrine sur le sol encore moins du couple affamé qui, prudent, a du se réfugier dans un autre wagon. Le mystère restera entier à ce sujet. Il reste à peine une heure avant l'arrivée à Berlin. Augustin assiste Hippolyte encore un peu groggy puis s'installe lui-même et repense à cet étonnant voyage effectué à ses côtés.

"Finalement très attachant ce probable doyen des SRB (pour Spécimens Rouge Bleu car c'est décidé c'est ainsi qu'il les dénommera désormais) *, je me demande si j'en rencontrerai d'aussi hauts en couleur à Berlin"*

Mais d'abord, il lui faut lancer le plan de la ville sur son téléphone. Il est déjà venu à Berlin à plusieurs reprises mais une tendance naturelle à l'égarement l'encourage à se remémorer le trajet pour se rendre chez Manfred et Helena. Pour sûr, personne ne viendra le chercher à la *Hauptbahnhof*. Encore aurait-il fallu qu'il précisa son heure d'arrivée ... Le téléphone a déjà repris sa place dans sa poche. On oublie souvent que cet instrument permet d'appeler les gens. Le train ralentit et les quais apparaissent. Son compagnon de voyage, légèrement assoupi, relève la tête, un grand sourire illumine son visage.

* * *
*

le dialogue des carnes élites

Letttre de Li Cheng au commissaire politique de la septième section de Chongking

*à Berlin,
Année du Cochon de Terre, premier jour de la période solaire à moitié pleine.*

Monsieur le commissaire politique,

C'est avec grand plaisir que je vous adresse cette missive. Mon séjour en France s'est bien passé grâce à cette relation dont je vous ai parlé mais je dois dire que quitter ce pays où tout le monde semble en colère avec tout le monde m'a soulagé. Je ne comprends pas bien cette population qui semble par définition insatisfaite de son sort. J'ai vu dans la ville des personnes très misérables, on les appelle les SDF. Lorsque je leur adresse la parole, ils sont d'abord très surpris et puis au final beaucoup moins pleurnichards que toutes les autres personnes que j'entends ou que je rencontre. Je m'en suis ouverte à l'ami qui m'a accueillie, ce monsieur Triboulet. Celui-ci prétend que mon regard d'étrangère m'égare quelque peu. Selon lui, les Français sont heureux, ils ont simplement horreur de l'admettre. Il a cependant reconnu que certains sont beaucoup moins heureux que d'autres en dépit du « égalité » le second mot du triptyque républicain dont il m'a fièrement ressassé les oreilles ... En permanence !

J'ai appris qu'il viendrait prochainement rendre visite à son neveu qui m'héberge. Je pourrai lui parler de mes découvertes en Allemagne, il semblait très intéressé à connaitre mes impressions sur ce pays qu'il a qualifié d'"éternel rival". Je n'ai pas compris pourquoi. A l'habillement prés - car les gens ici ne s'habillent pas en gris ou noir comme en France - je ne vois pour l'instant pas de grande différence entre la vie à Berlin et celle à Paris.

J'habite désormais dans un "Wohngemeinschaft" c'est à dire un grand appartement partagé en plein Berlin dans le quartier de Kreuzberg. Les loyers sont très chers dans cette ville. Il y a deux couples avec enfant unique - comme chez nous avant la reforme, et j'occupe la chambre d'un colocataire parti en voyage. Je m'inscrirai à l'université pour un semestre dés demain conformément à vos instructions.

Avec toutes mes considérations patriotiques
Li Cheng

le dialogue des carnes élites

> *"Le cerveau de l'imbécile n'est pas un cerveau vide, c'est un cerveau encombré où les idées fermentent au lieu de s'assimiler, comme les résidus alimentaires dans un colon envahi par les toxines."*
>
> Georges Bernanos, La France contre les robots

chapitre 4   Kreuzberg

La vie d'Hugo Téflon se déroule aux antipodes de celle de son père. Il ne suffit pas de partager les mêmes initiales. Certes, il peut se prévaloir d'une grande taille et d'un fort appétit sexuel, les deux caractéristiques n'étant pas forcément corrélées. Comme lui, il aime beaucoup la gente féminine mais ne ferait ainsi que suivre une vieille tradition chez les Téflon, famille incollable lorsqu'il s'agit d'innover en matière de galipettes. Hugo cultive également le souvenir des interminables soirées à trois, avec le patriarche Téflon - le père d'Hippolyte - toujours prompt à citer son écrivain fétiche, Georges Bernanos. Etrange point de fixation commun que cet engouement familial pour l'explorateur du combat spirituel entre le Bien et le Mal.
La similitude entre Hugo et son géniteur s'arrête pourtant là : à la différence de son père, Hugo est un être agréable et bienveillant, d'une grande sociabilité dira-t-on même. Un Téflon attachant en quelque sorte, adorant se fondre dans les différentes communautés très actives de Kreuzberg. Il réside depuis fort longtemps dans ce quartier emblématique de Berlin que l'on qualifie maintenant d'*alternatif*. Ce terme, appliqué à la tension électrique lui paraît signifiant, beaucoup moins pour la vie sociale. Il lui correspond pourtant bien car Hugo oscille d'une rencontre à une autre. Rencontres en tout genre *"Surtout celles du troisième type"*, comme il aime à le préciser. On l'a compris, l'humour d'Hugo a ses limites.

Il s'est installé dans ce quartier maintenant prisé de Berlin peu de temps après la chute du mur. Autant dire qu'il l'a vu évoluer en profondeur. A commencer par voir voler en éclat l'isolement de cette ancienne partie enclavée et appauvrie de Berlin Ouest. Un choc pour tous ses habitants, immigrés Turcs pour beaucoup. Il a vécu l'arrivée progressive des alternatifs et artistes en tout genre dont lui même. Il a assisté à la renaissance d'un centre maintenant unique d'une ville qui demeure en chantier permanent La montée en puissance d'une classe sociale plus aisée et plus jeune, changeait la donne mais sans encore trop modifier l'originalité rebelle d'une population mélangée. Le dernier épisode a vu nombre de ses habitants se révolter contre un projet du tout puissant Google. Un front d'associations locales est parvenu à faire capoter l'ouverture d'un campus du géant du numérique. Le mouvement *F.O.G.* pour *Fuck Off Google* [g] a fait reculer le méchant ogre Orwelien, susceptible surtout d'entraîner une hausse vertigineuse des loyers. Bien sûr, les milieux militants parlèrent plutôt de la nécessité de s'opposer à tout ce que représente la compagnie, de son modèle économique basé sur l'usage mercantile des données personnelles de ses propres utilisateurs etc … Hugo ne fut pas le dernier à participer aux nombreuses discussions et actions *F.O.G.* Pas une prouesse pour lui qui a su construire petit à petit son réseau au sein des populations mélangées; très aidé par une curiosité insatiable et sa capacité à aborder tout un chacun pour converser de tout et de rien.

Cet animal social a maintenant la charge d'un petit centre culturel situé dans la *Ohlauer strasse* qui occupe une ancienne station industrielle désaffectée la *"Desinfection anstalt 1"*. Pas vraiment le genre ZAD à la Française, un lieu plutôt propret et bien organisé en une série de petits bâtiments et de courées bien restaurés. Dans cette partie de Kreuzberg, les rues sont pavées et les murs taggés, ce qui embellit souvent des parois cimentées sans âge et très laides de nature. L'urbanisme y est encore à taille humaine et fa-

---

[g] *Il ne faut sans doute pas faire dans la dentelle lorsqu'on s'oppose à un tel adversaire.*

le dialogue des carnes élites

milles immigrées, jeunes néo-bourgeois et artistes s'y côtoient sans heurts, à défaut de forcément s'apprécier. Il en va de même dans le petit domaine d'Hugo où il a monté un atelier pour artistes, des salles de formations et même un marché aux légumes. On ne s'étonnera pas d'une certaine renommée dans une zone de Berlin toujours en effervescence. Peu de projets se montent sans qu'il n'y soit peu ou prou mêlé. Ainsi, tout dernièrement il a permis au marché Végétarien & Vegan d'occuper des espaces inutilisés autour des bâtiments qui hébergent le centre culturel.

"Culture et Légumes, une belle alliance" clame t'il.
Ce très grand gaillard s'essaye souvent (trop disent ses amis) aux calembours et autres plaisanteries mais il maitrise mal les finesses de la langue de Goethe et l'effet n'est pas toujours au rendez vous. Cela fait partie de son charme. Cerise sur le gâteau, Hugo a une passion pour les clowns et il se produit dans des spectacles de quartier autant que son emploi du temps chargé le lui permette. Il *fait* l'Auguste. Il aurait préféré *faire* le Victor,

"Cela collerait bien avec mon prénom", mais l'univers des clowns est très codifié. Il a vérifié, le clown Victor, cela n'existe pas. En revanche en bon clown Auguste, il pratique plusieurs instruments de musique et notamment l'accordéon.

Au final, Hugo serait un personnage socialement soluble, multi-facette et attachant - en dépit de son patronyme faut-il le redire – Bien différent de son géniteur, donc. Aurait-il voulu faire de la politique locale qu'il aurait pu rafler la mise. Aucun risque cependant, Hugo aime beaucoup qu'on l'aime, trop pour entrer dans cette arène là et risquer de s'y faire détester par certains. Il préfère la piste de cirque, celle réservée aux clowns. Cela tombe bien, une particularité faciale, héritée de sa mère cette fois, révèle un sourcil droit légèrement relevé, ce qui peut lui conférer un air dubitatif ou comique, suivant les circonstances.

* * *

le dialogue des carnes élites

Hugo Teflon est assez satisfait du passage éclair de son père à son arrivée à la *Ohlauer strasse*. Hippolyte Teflon était vsiblement très pressé de retrouver sa dulcinée du moment au marché, sur le stand Vegan qu'elle anime. Cela tombait bien car Hugo entretient une relation correcte mais minimale avec son *père-quasi-grand-père* - la frontière restait floue, prés d'un demi-siècle les séparent– et de plus, il n'a pas beaucoup de temps à lui consacrer. Il lui faut de toute urgence boucler son projet du moment; une semaine d'animations et de spectacles autour d'un thème très à la mode, la désintoxication numérique ... Comment ne plus subir l'invasion d'internet et sa déclinaison mobile sur smartphone. Programme ambitieux s'il en est !
" Die Numerische Detox Woche"[h]
Il a pu convaincre quelques financeurs locaux et autres sommités du domaine avec qui il organise une semaine d'ateliers qui sera couronnée par un spectacle supposé comique sur le thème des *"méfaits du numérique chez les petits et les grands"*, là encore un sujet très prisé et anxiogène dans les familles de la gentrification rampante du quartier. L'écho est bien plus faible voire inexistant du côté des familles turcs encore très nombreuses - pour combien de temps ? - même si Hugo a fait savoir que les jeunes enfants participeraient gratuitement aux ateliers qui leurs sont réservés. La semaine s'achèvera sur un spectacle de clowns, forcément. Il faut juste que ses comparses habituels, Helena et Uli s'y préparent avec lui et c'est là que le bas blesse d'après le message dont il vient de prendre connaissance. Ce n'est pas gagné, loin s'en faut. Il saisit son téléphone.

...

"Mais enfin Helena tu ne peux pas essayer de te libérer au moins une fois avant le spectacle ? Il faut qu'on répète un peu ensemble!"

"Je ne peux vraiment rien te promettre cette semaine, désolée ... Mais il faut surtout trouver un remplaçant pour Uli, il ne pourra pas être au spectacle..."

---

[h] *"la semaine de désintoxication au numérique"*

le dialogue des carnes élites

"Quoi ? C'est nouveau ça! J'ai écrit le show pour nous trois!"

"Oui je sais! ... Bon allez Hugo! On en parlera à la réunion de lancement. Désolé, là faut que je m'arrache ..."
...

Hugo s'enfonce dans le fauteuil en osier de son bureau maintenant silencieux. Face à lui, il y a cette peinture *"L'ivresse de polichinelle*[i]*"*. Un personnage très commedia dell'arte y est assis, un verre à la main. Hugo trouve d'habitude cette scène inspirante mais là, il ne voit que le sourire narquois et désabusé du polichinelle. On a beau être un optimiste forcené, il y a des moments où … On aurait envie de tout laisser tomber. Il prépare cette foutue semaine *"détox"* et sa clôture clownesque depuis fort longtemps et là, vraiment … À une semaine de l'échéance … Son sourcil droit semble se redresser d'avantage. Il pose son portable. Numériquement ou pas il lui faut trouver un remplaçant …

***

Augustin Triboulet a quitté la *Hauptbahof à midi,* un peu déçu car, à peine le train arrêté en gare, son *doyen de la secte* s'est volatilisé. Un au-revoir poli et puis … Disparu sans laisser d'adresse ni même son nom d'ailleurs.

"Il va ainsi des rencontres ferroviaires" se console-t'il. Histoire de compenser cette (très) légère frustration, il décide de passer par la *Jagger Strasse* et rendre une courte visite à son auberge préférée, la *"Augustiner am Gendarmenmarkt"*. Petite coquetterie gourmande qu'il s'autorise lors de chacun de ses passages Berlin. Il y a le nom de l'établissement bien sûr et surtout la célèbre saucisse berlinoise la *Curry wurst*. Aucun risque de se voir proposer dans cet établissement un *Döner Kebab*, encore moins sa variante végétarienne à base de farine d'épeautre. L'endroit est typique, un rien touristique mais pas encore au point d'y voir débarquer des chinois en

---

[i] *Joseph Faverot*

culottes de cuir, façon bavarois, comme on commence à en voir dans certains lieux à Berlin, se remémore Augustin en souriant. Il se demande à cette occasion si l'usage de *WeChat* [j] ne sera pas bientôt exigé pour payer sa bière. Après tout, les visiteurs chinois l'utilisent déjà pour acheter de l'aspirine dans certaines pharmacies à Paris …

***

Il y a peu d'animation dans la *Ohlauer strasse* en ce dimanche. L'immeuble, destination finale de son petit périple depuis la gare, est aussi laid que les autres. Une façade cimentée, jamais rafraichie depuis les rapides reconstructions d'après guerre, est malgré tout égayée par les couleurs d'un restaurant qui occupe le rez-de-chaussée. Il y a trois larges fenêtres aux montants d'un beau bleu éclatant dotées de volets métallique peints de la même couleur faux bois qu'une enseigne qui les coiffe. Une inscription en grosses lettres jaunes s'y étale sur toute la longueur.

RESTAURANT MUQAM
Ouïgour Kushe [k]

Comme pour rappeler l'originalité de cette culture, une traduction en versions Chinoise et Turque précède l'adresse d'un site web, histoire de relier l'endroit à la modernité berlinoise. Augustin connait bien les lieux et pénètre sans hésiter dans le couloir, juste à coté de l'entrée qui permet d'accéder à la fois à une courée et à l'escalier vers les habitations situées aux étages. Un très grand appartement occupe chaque niveau, organisé pour héberger plusieurs cellules familiales; on y trouve une vaste cuisine partagée avec plusieurs frigidaires, une pièce commune et plusieurs chambres. Ce qui fut un moyen de loger

---

[j] *WeChat est est une application mobile de messagerie et de paiement (entre autres usages) du groupe Chinois Tencent. Il y a à ce jour plus d'un milliard d'usagers de WeChat Pay.*

[k] *"Cuisine Ouïgour"*

le dialogue des carnes élites

rapidement de nombreuses familles dans les années cinquante, est redevenu très tendance avec la montée des loyers.

Augustin s'apprête à retrouver avec plaisir les habitants du second étage. Il y a Manfred - son *presque neveux* - sa femme Helena et leur jeune garçon Arthur. Ils partagent l'endroit avec un autre couple à enfant unique, Uli [12] et Thelma [13]. Leur petite fille prénommée Tikiflor [14] et Arthur accueillent bruyamment Augustin qui sait entretenir sa popularité en se transformant en père Noel quelque soit la saison, avec ou sans costume. Il lui suffit d'avoir une petite surprise pour chacun dans le petit sac à dos qui le quitte rarement. Manfred était le seul adulte dans l'appartement en ce dimanche après midi lorsqu'Augustin a débarqué par surprise. Il contemple les deux enfants occupés à déballer les paquets déposés par Augustin.

"*Un train en bois ? Tu es très branché rail en ce moment Augustin ?*"

"*Si je te dis que c'est plus écolo que l'avion, tu trouveras mon propos opportuniste, n'est ce pas ?*"

"*Mais non, j'admire! Et ces petits cadeaux! ... Je vois qu'on résiste aux jeux sur écrans, bravo! Il faut reconnaitre que ce n'est pas facile de s'y opposer, je m'en rends compte lorsque je garde les petits comme cette après midi. Ils nous voient, nous les soit disant adultes, les manipuler tout le temps, ils n'ont qu'une envie, pouvoir se scotcher sur le premier écran de portable, ordi ou tablette à portée de main*"

Augustin préfère s'assoir, par précaution. Il a reconnu l'expression sérieuse qui a maintenant envahi le visage un peu assombri de Manfred. C'est l'heure de la leçon. Il en est ainsi lors de chaque retrouvaille. Une séance d'ouverture inévitable durant laquelle Manfred partage sa préoccupation du moment et prend à témoin le *presque oncle* de ses jeunes années. Augustin, bien calé sur le canapé, s'attend à tout avec Manfred, qu'il sait plus orienté haut débit que débit de boisson. Dommage, parce qu'une petite collation, ma foi … Mais déjà Manfred reprend,

"Augustin, cette capture de l'attention sur les écrans des smartphones, voilà bien une stratégie cynique! Le temps d'attention d'un poisson rouge dans son bocal est de huit secondes, celle d'un millenial est aujourd'hui de neuf secondes! On va vers où avec cette culture de l'instantané ? Et sais tu comment on en est arrivé là ? - sans attendre une réponse il poursuit - *par le biais de la la récompense aléatoire!"*

Augustin saisit sa chance et tente

"Le coup de la machine à sous ?" Manfred est un peu surpris par la vivacité d'esprit d'Augustin mais reste décidé à faire son petit cours.

"Oui, si l'on veut. On l'a bien mis en évidence avec l'expérience de la souris face à un bouton qui lorsque elle le presse distribue de la nourriture, à son grand plaisir chaque fois qu'elle a faim. Puis, quand l'arrivée de nourriture devient aléatoire, elle finit par appuyer de manière répétée et en permanence, faim ou pas. Complètement accro"

"Ouais comme un joueur de casino qui tire sur le bras du bandit manchot et espère toujours gagner des pièces"

"Sauf que ce vieux principe est maintenant appliqué sur internet pour rendre complètement accro à son smartphone. Le clic qui permettait d'accéder à une info utile ou recherchée est maintenant supplanté par le clic réflexe! Le besoin de cliquer est entretenu par le plaisir qui peut se cacher derrière chaque manipulation sur son smartphone. Il faut scotcher l'individu à son écran! Les applis sont conçues pour avoir cet effet. Les durées des activités le sont également. On nous fait dilapider notre capital attentionnel! C'est un véritable hold-up massif de notre temps de cerveau disponible! Tout simplement effrayant non ? Et en plus, nos gestes attentionnels sont observés et valorisés. Personne ne sait quand tu tournes une page d'un livre mais Amazon peut mesurer le temps passé sur chacune des pages lues sur une tablette!

Augustin acquiesce mollement en souriant. Impossible de l'arrêter, il le sait.

"*Faut pas s'y tromper Augustin, la marchandisation de ces traces, voilà le coeur du débat: qui va s'en servir au final et dans quel but ?*"
On pourrait craindre un dernier élan de Manfred sur l'heuristique du plaisir, activé en sourdine par des algorithmes manipulateurs. Un de ses dadas... Heureusement non, la leçon (du jour) est terminée. Il rejoint pensif le fauteuil qu'il avait quitté lors de son exposé. Augustin sait qu'il peut maintenant avoir l'attention de Manfred.

"*Bon! Comment ça se passe avec Li Cheng ? J'ai le sentiment de vous avoir forcé la main en vous l'envoyant, mais elle avait vraiment l'air perdue à son arrivée. Encore merci de l'avoir hébergée*"

"*Aucun souci Augustin. Elle s'est complètement acclimatée en à peine un mois. Faut dire qu'entre Helena qui l'emmène à l'université et Thelma à son étal au marché, elle est sérieusement prise en main! Elles sont en balade toutes les trois cette après-midi. Et puis ta protégée nous est sacrément utile figure toi! Elle emmène les enfants au zoo de Tiergarten régulièrement et cela tombe bien pour Thelma qui est de plus en plus seule. Son compagnon Uli est rarement là avec tous les petits boulots qu'il enchaine et ...*"
Comme pour contredire son propos, la porte d'entrée s'ouvre brusquement sur un jeune homme hirsute, déboulant dans la pièce commune avec une sacoche en cuir qu'il pose avec soin.

"*Salut tout le monde ! voilà les échantillons du jour! Je me douche et je vous retrouve!*" Après un faux départ, il prend le temps de s'expliquer.

"*Faire la tournée des toilettes des boites de nuit de Berlin, le dimanche matin, c'est franchement glauque mais ça paye bien. J'y récupère des échantillons dans les urinoirs pour le compte d'un labo de toxicologie de la police qui analyse les drogues de synthèse. Il parait que cela évolue en permanence, 500 nouvelles molécules apparaissent chaque année ... Collecter le pipi des fêtards et l'analyser, voilà un bon moyen pour identifier les toutes dernières drogues arrivées sur le marché et préparer le moyen de sauver les victimes d'overdoses parait-il! Et donc voilà le résultat de ma virée humanitaire et hebdomadaire en boite!*"

Sur cette explication proférée à grande vitesse, Uli cale dans un coin sa précieuse sacoche puis exécute un pas de deux avec la petite Tikiflor, sans trop s'approcher d'elle. Celle-ci, ravie le suit dans une courte petite danse, à peine surprise par l'arrivée en bourrasque de son père qui s'enfuit vers une des salles bain du grand appartement. Tikiflor, toujours pas perturbée pour autant, lance à l'assemblée sur un air complice,
    "Faut se laver quand on rentre à la maison!"
Manfred esquisse un sourire en levant les bras aux ciels.
    "Bon, voilà, c'est Uli! Augustin, tu vas t'installer dans la dernière chambre disponible. Les appartements communautaires sont pleins de resources"
On est très loin des *communautés* telles qu'Augustin a pu en connaître, il y a certes bien longtemps de cela. Il reconnait pourtant, en continuant à discuter du cas Uli avec Manfred, cet état d'esprit particulier qui oscille entre une volonté sincère de partage et une promiscuité plus ou moins bien acceptée.
    "Il sera très intéressant d'écouter les impressions de Li Cheng à ce sujet" se dit il avant d'aller s'installer.
...
    "Augustin ! Les filles viennent de m'appeler, elles ne rentreront pas très tôt, on se retrouvera donc tous, en bas chez Dixlat[15]. Il n'y a personne au restaurant le dimanche soir et il va nous concocter des Gemüse Kebabs à la Ouïgour comme tu n'en n'a jamais gouté ..."
    "Hum! Donc tu n'es plus en état de manque depuis que tu as quitté Paris ? Tu apprécie la cuisine, locale ... Si on peut dire ?"
    "Ouais ... Fini mes regrets pour la moutarde de Dijon : Ils en ont une ici dont ils sont très fiers, la Bautzner senf. C'est différent mais on s'y fait. Et puis au pays du salami, on peut compenser le manque de saucisson. En revanche la Pils, cela reste dur pour l'amateur de bière d'Abbayes que je suis. C'est d'un fade ..."

* * *

Hippolyte Téflon est assez connu dans cette partie de Kreuzberg. Grace à son fils Hugo, sans doute. Il sait en profiter et cultive - sans avoir à trop se forcer - une image de vieillard excentrique, *branché* et surtout très généreux pour ne pas dire dispendieux. Son fils lui a aménagé un studio dans la *"Desinfection anstalt 1"*, ce lieu en déshérence qu'il a su faire revivre petit à petit.

Bien que très fatigué par une nuit passée dans le train depuis Paris - il se demande un peu pourquoi - Hippolyte décide d'aller retrouver sa petite amie au plus vite. Enfin, après une douche. Revigoré, il sort de son bagage le pull synthétique de couleur jaune criard qu'il arbore lorsqu'il fréquente ses relations vegan. Surtout pas de laine évidemment, ni d'autres résultats de l'exploitation animale. Il n'y a pas loin à aller, le marché végétarien et vegan est situé à l'entrée de l'entrepôt. Une dernière inspection face au panneau miroir du studio le rassérène définitivement *"Y a pas à dire, le canotier fait l'homme"* et il se dirige vers le marché, sans avoir besoin de sa cane ni de chercher son chemin. Il est un peu chez lui. Les rares clients de la fin de week-end se dispersent et déjà une jeune femme lui fait des grands signes, tout sourire. Une belle soirée en perspective

* * *
*

Letttre de Li Cheng au commissaire politique de la septième section de Chongking

A Berlin,
Annee du Cochon de Terre, huitième jour du mois de l'épis à moitié plein

Monsieur le commissaire politique,

Mes rencontres à Berlin se multiplient grâce aux colocataires qui m'hébergent. J'ai découvert récemment un marché du quartier, espérant y trouver de quoi préparer un repas pour mes hôtes. Ma surprise fut grande lorsque je compris qu'aucune viande ni poisson ne pouvait y être acheté. Une de mes colocataires m'avaient parlé de ce marché où elle travaille sans me fournir cette précision. Le plus surprenant venait de certaines échoppes, on les appelle "vegan" sans que je sache ce que ce mot recouvre exactement ici. Chez nous, j'avais bien connaissance de cette nouvelle mode pour un régime alimentaire particulier mais les personnes que j'ai rencontrées ici me paraissent bien plus impliquées. Elles parlent du respect de la vie un peu à la manière des religieux Bouddhistes qui ne s'autorisent pas à tuer un animal. Plus encore, elles refusent tout contact avec ce qui est fabriqué à partir d'une être vivant. Mon éducation scientifique me fait m'interroger sur cette notion de vie qu'il faut à tout prix épargner. Après tout, les être microscopiques qui peuplent nos entrailles sont vivants! Les plantes n'ont elles pas une vie pareillement ? Cette croyance est ouvertement professée par certaines personnes sur ce marché et j'ai remarqué qu'il s'agit souvent de personnes très jeunes et très exaltées. Ma connaissance balbutiante de la langue allemande ne me permet pas de dialoguer avec elles et cela est bien dommage. Je compte parler de tout cela avec mes nouveaux amis de l'appartement où je réside.
P.S. : j'ai bien été contacté par Zhao Tingyang et attend avec impatience de le rencontrer ici à Berlin sans que je ne sache exactement quand. Il semble très occupé et il ne me l'a pas proposé. Il m'a recommandé la vigilance mais je dois dire que je ne sais pas pourquoi. A ce jour je n'ai ressenti aucune animosité envers ma personne ni à l'encontre de notre glorieuse nation.
Avec toutes mes considérations patriotiques,
Li Cheng

le dialogue des carnes élites

> « *Un pays peut être aussi considéré comme la somme de tous les fantasmes qu'il occasionne.* "
>
> *Jean-Christophe Bailly*

chapitre 5   Et puis d'abord, il y a secte et secte …

Pour entrer dans le restaurant *"Chez Muqam",* spécialiste berlinois de la cuisine Ouïgour, on a le choix entre l'arrivée classique depuis la rue, juste sous l'inscription trilingue et l'accès via une petite courée derrière l'immeuble, qu'il faut traverser avant d'atteindre l'arrière du restaurant. Trajet privé autant que pittoresque parmi tout un fatras d'objets *qui pourraient servir un jour*; des éléments de décoration en bois peint y côtoient des chaises brisées et des ustensiles de cuisine déclassés, enfin on l'espère vu leur état. On accède alors à une minuscule cuisine en accès direct avec le restaurant par une porte à battants, style saloon, qui ouvre sur une salle d'assez grande taille, percée de trois fenêtres côté rue. De longs rideaux rouges fatigués laissent filtrer un peu de lumière naturelle. La décoration murale est sobre mais recherchée avec bois sculpté, instruments de musique et petites gravures de schémas géométriques aux couleurs vives. Le tout présentent un concentré de la culture d'une ethnie de la région du Xinjiang au Nord-Ouest de la Chine, les Ouïgours. Une tapisserie bon marché couvre le côté opposé aux fenêtres et représente une maison modeste, Ouïgour peut être, d'allure suffisamment orientale pour l'être. Avec quelques personnages, nomades mongols, marchands persans ou simples citadins d'un bazar perdu d'Asie centrale, le tout légèrement sinisé. Un grand plateau en bois sombre supporté par des tréteaux occupe tout un côté de la salle. Deux longues banquettes l'encadrent, de quoi accueillir une douzaine de convives. Quelques petites tables bien réparties finissent de remplir la vaste pièce.

Il n'avait pas fallu longtemps à Manfred et à ses colocataires pour faire connaissance avec la petite famille Ouïgour propriétaire du restaurant, deux niveaux sous leur appartement. La clientèle, assez discrète, ne générait pas de nuisances particulières pour le voisinage et la cohabitation ne posait aucun problème. Mais c'est surtout le début d'incendie dans une poubelle de la courée, repéré juste à temps par Uli en rentrant tard dans l'immeuble, qui avait créé un lien particulier entre les *"jeunes du second"* et la famille propriétaire du restaurant. Uli et Helena avait alors fraternisé avec Dixlat , le fils ainé et véritable patron des lieux. Les colocataires du second avait vite obtenu leur accès privé par la courée et la cuisine. Ils n'en abusaient pas. Li Cheng aurait pu en faire de même, adoubée par Manfred et les autres mais elle insistait pour entrer par l'accès officiel, coté rue. Helena, plus perspicace que les autres *"geeks"* ou assimilés *"du second"*, avait rappelé la défiance mutuelle - faible mot en l'occurence - entre les Chinois Han et les Ouïgours musulmans. Dixlat avait feint d'ignorer la situation, mais on voyait que ses vieux parents appréciaient mollement la présence d'une chinoise pure jus dans leur établissement. Il est vrai que si l'on y croisait une clientèle Turque ou Allemande en mal d'exotisme, il n'y avait pratiquement pas de clients Chinois, au demeurant encore assez peu visibles dans ce quartier de Berlin.

* * *

Manfred et Augustin, vite rejoints par Uli et les deux enfants, sont déjà installés sur la grande table lorsque débarquent les trois *"marcheuses du dimanche"*. Le visage de Li Cheng s'éclaire en reconnaissant Augustin. Cette présence la relie un peu à son pays. Enfin, à une personne qui semblait s'y intéresser! Il faut dire qu'Augustin l'a beaucoup questionnée pendant le temps qu'elle a passé à Paris. Elle s'installe avec les autres, Dixlat sort de la cuisine tout sourire. C'est la fin de la journée. Ramadan oblige, on va pouvoir enfin manger : *"rompre le jeûne en mêlant famille et amis, un hon-*

neur pour notre restaurant !" avait-il dit à ses parents pour les convaincre de se joindre à la petite bande. C'est ainsi que le couple âgé arrive de la cuisine tout sourire, apportant plusieurs plats sur la grande table, puis s'installe, silencieux ... Li Cheng s'est sagement mise en retrait à coté d'Augustin. Ce n'est pas la première fois qu'elle dine à l'impromptu *"chez Muqam"* avec ses hébergeurs mais elle sait la gêne que sa présence peut générer ; elle est *"Han"*. Dixlat lui sourit pour l'en remercier. En tout cas, c'est ce qu'elle imagine : *"Oui, surement, il n'y a pas d'autre raison possible à ce regard très aimable"*. Pense-t'elle. Elle trouve aussi ce Dixlat vraiment très sympathique. Toutefois, elle juge qu'il serait inutile d'évoquer cet endroit et leurs propriétaire dans une prochaine missive au commissaire politique la septième section de Chongking.

Le festival de senteurs et de couleurs peut commencer. Il y a, étalé sur la grande tablée, de quoi émoustiller tous les sens et surprendre les papilles expertes les plus blasées! Car la cuisine Ouïgour *hésite*. Elle hésite entre ses influences originelles à la fois turques et chinoises. Au fur et à mesure que les plats accumulés se vident, les repères culinaires volent en éclat : les pâtes ? des nouilles chinoises ou bien les cousines lointaines des spaghetti italiennes ? Le kebab ? Une version parfumée Ouïgour de l'emblématique spécialité Turque! Le Polow ? Il est fait de riz avec viande de mouton agrémenté de carottes à profusion... Dixlat s'anime et se met à vanter *"sa"* cuisine sous le regard ravi de ses parents. Il cite pour commencer un guide touristique qu'il brandit fièrement,

"Saveur unique, diversité et diététique, une des cuisines préférées en Chine et dans tous les pays d'Asie centrale"
Il parle beaucoup du pain, une spécialité Ouïgour qui est préparée avec de la farine de blé le plus souvent et parfois de maïs ou d'orge, comme c'est le cas ce soir.

"Dans les restaurants chinois il n'y a pas de pain. Nous, Ouïgours attachons beaucoup d'importance au pain quotidien et il est considéré comme un objet quasi sacré. Un vrai témoin de la complexité de notre culture ! On l'appelle la galette de Hu, du nom de notre peuple en chinois, également 'Nan', mot emprunté du persan

après l'islamisation de la région et dans certaine région du sud, on l'appelle encore Ekmek comme en Turquie". Dixlat poursuit ses explications tout en remplissant les plats.

" Le feignant se dit 'boite à pain' dans notre langue car le feignant ne travaille pas, il ne sait que manger et remplir son ventre"
Dixlat n'est certes pas le roi du *Döner Kebab* Berlinois mais il règne en maître sur la *cuisine-quasi-cambuse* du restaurant. Sa mère lui a appris tous les secrets du manger traditionnel et notamment le *Öpkéhésip* un plat à base d'abats élaboré pour les invités les plus chers. Justement ce soir il y en a un. Il s'agit d'honorer Augustin le visiteur régulier venu de France. Alors ses yeux s'éclairent, il s'enthousiasme et raconte, avec force détails, les pièges de la longue préparation, les aromates quasi introuvables pour le *commun-des-non-Ouïgours*, la délicate cuisson …

Augustin est un peu troublé par tant d'honneur et écoute Dixlat avec intérêt, buvant ses paroles, s'autorisant le commentaire,
" Et les abats ça me connaît !"
Il est en extase et n'en peut plus d'attendre ; arborant un regard malicieux, il lance,
" C'en est trop Dixlat! Il nous faut gouter"
Les convives n'attendaient que ce signal et se servent dans un brouhaha sympathique. Le mouvement constant des plats sur la grande table autorise les audaces. Les conversations tournent autour de l'excellente nourriture servie à profusion. Augustin se lâche pour louer avec emphase la prouesse culinaire de Dixlat. Il est encore imbibé de la scène du pâté dans le train qui l'a amené à Berlin et se met à la raconter. Il en rajoute un peu, avec quelques détails croustillants qui font rire l'assemblée. Augustin reste Augustin, il est lancé et entreprend de rraconter sa nuit de bavardage sur le veganisme avec ce personnage haut en couleur - c'est le cas de le dire - dont il ne connait même pas le nom.

" … J'ai remarqué que pour accuser un omnivore on le qualifie de 'Spéciste', en revanche on ne se déclare pas forcément 'Antispéciste'. Peut-être ce 'anti' serait un peu comme dans antisémitisme, alors qu'invectiver des gens pour dénoncer leur barbarie car-

nivore en les qualifiant de **bande de spécistes** reviendrait à dénoncer une **bande de racistes!** Cela vous place automatiquement du côté des bons"

Il faut un certain temps pour que cette réflexion très Augustinienne soit digérée par la petite assemblée et c'est finalement Manfred qui reprend le flambeau,

"*Le plus drôle reste le coté 'open bar' de certains végétariens d'après ce que tu dis. On pourrait donc choisir son exception alimentaire et la coller au mot végétarien pour en faire une secte dédiée à ce mode de consommation?*"

"*Secte, c'est un peu fort, mais oui, disons par exemple que si tu acceptes l'idée de manger du poisson et seulement du poisson parce que ... parce que voilà! Et bien tu fais maintenant partie des pesco-végétariens, c'est tout!*"

"*A quand les poules-au-pot-végétariens ?*"

Mais déjà on passe à autre chose avec un nouvel arrivage de légumes justement ... de belles carottes qui baignent dans une sauce aux épices très odorantes.

"*Certains disent que la longévité des Ouïgours vient des carottes, tant nous en consommons! Et pour la viande, on a banni le cochon, c'est déjà un bon début non ?*"

Dixlat est très fier de son bon mot et regarde Li Cheng qui esquisse un sourire. Question cochon, elle en resterait volontiers à celui, symbole de richesse et de bonne fortune, qui est célébrée en cette année 2019. Dixlat lui sourit à son tour et il n'est plus question de cochon dans l'esprit de Li Cheng dont le visage rosit légèrement.

Helena profite du moment de silence qui suit et, comme souvent chez elle, opère sans transition,

"*On cherche un clown ... *"

" *...?...*"

Uli vient à son secours,

"*Nous avons un numéro prévu le week-end prochain et je ne serai pas de retour à temps, il nous faut un partenaire pour Helena et son acolyte qui organise l'événement de semaine sur le numérique ...*"

Augustin ne se sent pas du tout concerné, l'avantage de l'âge, il regarde amusé la tablée devenue silencieuse ...
Helena reprend,

"C'est pour le spectacle final à l'Umspannwerk et on pensait à toi Dixlat plutôt qu'à Manfred qui sera déjà sur le pont avec les enfants, si tu es d'accord bien sûr ... "

Dixlat est impressionné que ses amis, enfin Helena surtout, aient pensé à lui pour ce rôle de clown. Il n'est pas sûr d'avoir saisi toutes les implications, ni la difficulté de la chose, mais le plaisir de se sentir intégré dans la petite bande l'envahit. Il savoure l'instant bien plus que le repas traditionnel dont il connait les mets par coeur. D'abord il y a les amis visiblement rassasiés et aussi le visage de ses parents ravis de voir leurs convives *"allemands"* et amis de leur fils se régaler, même si seuls Thelma et Uli entrent dans cette catégorie nationale. Ils ont bien un doute avec ce bavard d'Augustin qui parle en faisant de grands gestes avec les bras, trop pour un Allemand. Mais ces nuances leur échappent, d'autant que la présence des deux jeunes enfants qui jouent dans la salle de restaurant apportent cette note légère qui fait vibrer les personnes d'un certain âge.

Faire honneur aux étrangers ; Dixlat n'a rien contre cette tradition et si en plus ça fait plaisir aux vieux, alors tant mieux ! Mais il aime pouvoir faire ses choix dans le *package tradition* et s'affranchirait volontiers ce soir de l'interdit sur l'alcool. Histoire de se laisser vraiment aller et de se rapprocher de cette jeune et jolie nouvelle voisine du dessus, Li Cheng. Il ne devrait pas trop s'en faire, cette dernière n'attend que le signal de fin du repas pour effectuer le dit rapprochement. Elle s'accroche, au mieux, à toutes les discussions - sans doute interessantes - sans perdre l'envie de mieux connaitre ce Dixlat qu'elle avait bien sûr remarqué dés son arrivée il y a quelques semaines : un beau jeune homme, stylé, de plus très à l'aise avec la langue chinoise... Soyons direct et précis, elle aimerait bien conclure cette belle soirée par un plan cul[1] avec ce charmant Ouïgour

---

1 *Le narrateur pourrait-il se nouveau se réfugier derrière l'avertissement sur les langues pratiquée dans ce P.E.T. ? La tentation est trop forte, cela se dit* 屁股计划*!*

le dialogue des carnes élites

mais il va lui falloir attendre encore un peu car Manfred se lance maintenant dans un de ces monologues dont il a le secret pour fustiger les opposants à l'évolution numérique de la société. Sa conclusion est sans appel

"*C'est la secte des anti-progrès, peu importe la couleur de leur pantalon et de leur chemise!*"

Augustin savoure la saillie et a très envie de renchérir mais il se rappelle juste à temps le vieil adage,

"*Il faut tourner sept fois sa souris avant de cliquer*".

Il garde pour lui ce qu'il allait infliger à l'assistance et qui avait un rapport lointain avec les arguments de Manfred.

"*Toute religion est une secte qui a réussi*"[k].

Il serait aveugle à ne pas avoir remarqué que l'alignement des planètes, le hasard et les nécessités ou tout autres raisons, font que cette joyeuse tablée a juste envie de jouir de la vie, pas d'entendre ses radotages. Les parents de Dixlat se sont retirés et une bouteille de Raki est mystérieusement apparue. On y goutte, certains modérément d'autres moins. Occasion de pousser la chansonnette en français, ravissant au passage Li Cheng qui avait du se farcir tout un catalogue de chansons dites populaires dans son cours accéléré sur la culture française. La soirée s'achève peu après, tout le monde se lève, enfin presque, car Li Cheng se propose pour aider Dixlat à ranger. Il commence par refuser poliment mais finit par comprendre l'intérêt de la situation et lui sourit benoitement. Augustin et Manfred se regardent sans mot dire, mais n'en pensent pas moins en se dirigeant vers l'escalier qui mène à l'appartement. Alors qu'ils ferment la marche du petit groupe en pleine ascension, Manfred lance à son presqu'oncle,

"*Bonne bouffe, bonne baise! Comme le disait plus ou moins ton idole de Rabelais non ?*"

"*Manfred, tes raccourcis sont saisissants mais ils ont l'avantage d'économiser la parole*"

* * *

---

k *Jean-Francois Kahn*

le dialogue des carnes élites

Lettre Zhao Tingyang au commissaire politique de la septième section de Chongking

à Berlin,
Année du Cochon de Terre, dixième jour du mois de l'épis à moitié plein

Monsieur le commissaire politique,

Je vous confirme la bonne arrivée de Li Cheng à Berlin. Dans sa lettre annonçant son installation, que je viens de recevoir, elle m'explique la vie de cette génération dite "millennial" en Europe qu'elle fréquente maintenant dans un quartier de Berlin appelé Kreuzberg. Ses conclusions et ce que vous me rapportez d'elle également me confirment sa grande hâte à s'intégrer dans ce petit monde et je m'en inquiéterais presque. Faut-il excuser sa naïveté ou la faire revenir sur ses propos enthousiastes ? Le parti ferait bien d'éduquer la jeunesse dès le plus jeune âge aux technologies les plus modernes dans le respect de la tradition millénaire chinoise. Ce que je vois chez certains jeunes Berlinois m'attriste. On les appelle activistes.
Ils critiquent et remettent en cause l'autorité au risque de perturber l'économie et de s'aliéner une partie de la population. Celle même qui n'aspire pourtant qu'au bien être matériel. Ils me paraissent très incontrôlables et j'ose espérer que notre nouvelle correspondante, une fois bien établie, saura faire la part des choses et éviter de trop fréquenter ces véritables asociaux.

Avec toutes mes considérations patriotiques,
Zhao Tingyang

> *"Les hommes demanderont de plus en plus aux machines de leur faire oublier les machines."*
>
> *Philippe Sollers*

chapitre 6   Detox Woche!

Hugo est très fier d'avoir pu obtenir le lancement de sa *« Semaine de la désintoxication numérique »* - ou *« Detox Woche »* - à l'*Umspannwerk*. C'est une ancienne station électrique désaffectée, un grand bâtiment en briques rouges sombres qui jouxte le *Landwehrkanal* en plein Kreuzberg. Le lieu n'est pas anodin. Le grand Google soi-même avait prévu d'y installer, à grands frais, un vaste campus numérique, mais avait fini par renoncer à ce projet, suite à une réaction locale très brutale. Le F.O.G., pour *"Fuck Off Google"*, avait fait plier la multi-nationale. L'endroit, devenu célèbre, est le siège de nombreuses manifestations plus ou moins culturelles et est encore un haut lieu de la contestation face à la numérisation forcenée de la société. Hugo avait *forcément* visé cet endroit symbolique pour le show de conclusion de *"sa"* semaine de désintoxication. Il l'avait aussi choisi pour la réunion inaugurale de ce soir. Le combat du F.O.G. contre l'ogre Orwellien est certes terminé, pourtant des slogans en tout genre parsèment toujours les murs. L'entrée de l'*Umspannwerk* est couverte d'inscriptions en tout genre qu'Hugo ne remarque plus en pénétrant d'un pas pressé dans l'ancienne station pour se diriger vers le plus grand bâtiment.

Augustin y est arrivé un peu plus tôt avec la petite bande de l'appartement, sans les enfants restés sous la garde de Li Cheng. Il s'était arrêté, aussitôt l'énorme portail franchi, pour scruter chaque mur et y déchiffrer laborieusement une série de résolutions numérotées, écrites au pochoir, en majuscules bien grasses comme pour leur donner un caractère officiel. Il avait beau comprendre l'allemand, il lui fallut un peu de temps pour traduire…

Le ton l'avait d'emblée amusé autant que le côté très pratique des recommandations :

1 REPRENEZ LE CONTRÔLE DU TEMPS PASSÉ SUR VOTRE SMARTPHONE!

2 DÉSACTIVEZ LA FONCTION « VU » DES MESSAGES QUE VOUS RECEVEZ!

3 ARRÊTEZ DE POSTER DES PHOTOS D'AUTRUI SANS LEUR ACCORD!

4 CHANGEZ (ET GÉREZ MIEUX) VOS MOTS DE PASSE!

5 ACTIVEZ LA DOUBLE AUTHENTIFICATION!

6 SCOTCHEZ LA WEBCAM DE VOTRE ORDI!

7 INSTALLEZ LES MISES À JOUR!

8 ARRÊTEZ D'UTILISER TELEGRAM SI VOUS VOULEZ DE VRAIES CONVERSATIONS SÉCURISÉES!

9 NE CRÉEZ PAS UN COMPTE SUR UNE APPLICATION DEPUIS VOTRE COMPTE FACEBOOK!

10 LISEZ LES ARTICLES EN ENTIER AVANT DE LES COMMENTER!

Il avait terminé sa lecture attentive, dans l'ordre et jusqu'au bout, respectant ainsi la dernière résolution, puis réalisa qu'il lui fallait retrouver ses amis au plus vite. Il se dirigea donc vers le bâtiment principal et parvint au seuil d'une grande salle vivement éclairée. Une cinquantaine de personnes papotaient, installées sur une multitude désordonnée de chaises et de bancs, face à une estrade où trônaient quatre invités. Deux hommes et deux femmes aux airs très concentrés étaient assis de part et d'autre d'une chaise vide. Ils échangeaient quelques mots, un peu pour donner le change, beaucoup pour faire passer le temps.

"*Qui sera l'invité surprise ... Suspense pour un impossible respect de la parité*", avait pensé Augustin en regardant amusé le panel à cinq places de l'estrade.

* * *

Au moment où Hugo Teflon s'approche de l'entrée de la salle, Augustin a fini par retrouver Manfred et Helena installés au beau milieu de la salle. Le *presque-neveux*, à la fois intentionné et méfiant, a gardé une place à ses cotés pour le *presque-oncle* qu'il trouve bien trop facétieux pour ne pas l'avoir à l'oeil. Dés que celui-ci lui adresse la parole il s'en félicite vite ...

"*Vois tu Manfred, ce que je viens de lire sur les murs, c'est un peu autoritaire, mais je trouve qu'ici on positive, on propose! Alors qu'à Paris on invective, on dénonce et c'est tout!*"
Pour confirmer son propos, Augustin se met à lui citer ce qu'il avait récemment vu affiché dans son quartier[m] :

"*Google filtre ta pensée »*
« Apple sait où est ta mère »
« Facebook contrôle ce que tu peux lire »
« Amazon sait quels cadeaux tu auras »
« Microsoft formate tes enfants »
Rejoignez l'action de groupe contre les GAFAM !

Avant de pouvoir continuer, il est interrompu par une voix douce et claire,
"*Augustin, promet moi de rester discret ce soir. Je connais bien l'organisateur et il est un peu soupe-au-lait en ce moment*"

---

[m] "*La Quadrature du Net*" https://www.laquadrature.net/en/

C'est Helena qui, tout en gardant un ton léger, s'est faite porte parole du petit groupe en stoppant l'élan du bavard, au grand soulagement de Manfred. Augustin lui retourne son sourire avec un clin d'oeil appuyé, sensé marquer sa soumission. Satisfaite sinon rassurée, Helena quitte alors son siège sans un mot supplémentaire et se dirige vers Hugo qui vient d'apparaitre à l'entrée, l'air visiblement contrarié. Il peut l'être. Il s'est aperçu en pénétrant dans l'immense salle que rien ou presque n'était installé pour accueillir le spectacle prévu en fin de semaine. Une vague piste est bien dessinée sur le sol mais aucun des gradins prévus n'est monté. Des planches gisent un peu partout, une grande bâche en plastic masque mal l'accès vers une autre salle encombrée de caisses entrouvertes. Helena attrape l'attention d'Hugo avant qu'il ne parvienne à la petite estrade. Il se tourne vers elle, l'air affligé,

"Quel bazar, rien n'est prêt! Quand je pense qu'on devait répéter ce soir après la réunion! Helena, fais moi plaisir, donne moi une bonne nouvelle, dis moi qu'Uli a changé d'avis!"

"Hum ... Désolé Hugo, pas vraiment, il ne peut pas rater son intervention au Chaos Computer Club [n] mais j'ai peut être une solution. Je t'expliquerai après l'intervention de ce soir"

Même le mot solution ne parvient pas à faire sortir Hugo de son désarroi. Il l'a écouté distraitement tout en continuant à balayer du regard l'étendue de l'impréparation ainsi que la petite assemblée des participants qui finit de s'installer. Helena en profite pour s'éclipser et retrouver son siège. Les participants se sont rassemblés dans l'espace qui fait directement face à l'estrade. Il y a les fidèles, plus ou moins impliqués dans ce projet de *désintoxication numérique* et quelques autres, cooptés pour la circonstance ou simples visiteurs intéressés, comme Augustin. Ce dernier est de nouveau en pleine conversation avec Manfred. Il se croit à l'abri des reproches préventifs d'Helena grâce au du brouhaha ambiant. Les deux hommes se sont lancés sur l'impact du numérique au quotidien, vaste programme ...

---

[n] *https://www.ccc.de/de/home* . *Voir aussi "Ainsi parla Bacbuc"*

*"Augustin, pourquoi dramatiser et s'inquiéter de l'influence du numérique sur les gens ? Un peu d'humour! Li Cheng nous a expliqué qu'en Chine, on a trouvé un joli nom pour relativiser tout cela en se moquer des accros au smartphone: les **ditouzu** ou 'clan de ceux qui ont la tête baissée', parce qu'ils sont tout le temps à regarder leur appareil à lire les messages de leurs amis, à envoyer des selfies, à suivre la mode, à acheter et surtout à regarder leurs scores de popularité sur les réseaux sociaux!"*

"C'est trop facile Manfred de ramener les dérives de la dictature 2.0 en Chine à du comportemental anodin! Il y a plus grave non ? Et pour le coup, la Chine est championne question surveillance numérique, non ?"

Le brouhaha cesse pendant qu'Helena maintenant revenue retrouve son siège à leur côté. Double avertissement pour Augustin et Manfred qui choisissent prudemment de ne pas poursuivre leur conversation.

Hugo s'est entre temps ressaisi et a pu envoyer en quelques phrases les mises au point nécessaires, suffisamment rêches mais pas trop, à destination de ses collaborateurs. L'expérience, sans doute : savoir gérer un mix de bénévoles et de pros ne va pas de soi. Libéré de cette tache ingrate, il redevient *bête de scène* et c'est Hugo l'orateur qui rejoint l'estrade en saluant d'un petit geste les quatre invités. Il boude la chaise vide et se plante en plein milieu, se redresse face à la petite assemblée puis la parcourt du regard, lentement, en souriant. Il est maintenant bien posé et peut se lancer :

"L'internet permet de se créer un bureau des légendes personnel, bien au delà du simple gloriomètre. Le gloriomètre ? Vous savez, cette autosatisfaction entretenue, ce 'Waouh! j'ai eu deux cent likes en une semaine!'. En fait tout l'art - ou le sport - consisterait désormais à se mettre en scène sur les réseaux. On vérifie dans sa publication ce qui est aimé ou ignoré, on adapte le personnage idéal qu'on est supposé être, on se virtualise! ... Voilà! Et ceci n'est qu'un petit exemple de la dérive comportementale apportée par le numérique. Edifiant non ?"

Une voix féminine s'élève alors dans la salle.

"Et tout cela est intimement lié à la nouvelle dépendance vis à vis de ce superbe objet que jadis, c'est à dire il y a à peine plus de dix ans, on nommait encore portable et que maintenant on qualifie de smartphone"

L'interruption d'Helena qui s'est levée en brandissant le sien n'en est pas une. Le duo Hugo - Helena fonctionne bien et pas seulement en matière de clownerie et autres jeux de cirque qu'ils pratiquent à trois avec Uli. Enfin d'habitude.

Elle poursuit d'une voix bien affirmée, un tantinet théâtrale, juste ce qu'il faut pour que l'on n'ait aucun doute sur sa complicité avec Hugo,

"Quels changements de comportements! Avant, l'explorateur en difficulté, victime d'un serpent dans la jungle savait aspirer le venin, maintenant il sait aspirer l'eau de son smartphone!"

De petits sourires éclairent les visages de l'auditoire. Cette entrée en matière a permis de donner le ton. Augustin se régale.

"Un sujet tarte à la crème comme le numérique requiert un peu de légèreté, sinon c'est à se pendre", pense-t'il. « *Ça reste un tantinet intello mais on verra bien la suite* ». De plus, il aime cette connivence affichée entre l'orateur et une fausse participante éclairée qui va leur permettre d'aborder avec décontraction le programme d'activités prévues pour la semaine. Helena quitte en effet l'assistance et rejoint le panel sur l'estrade afin de présenter chacun de ses membres en duo avec Hugo. Augustin se dit qu'une fois de plus, il aurait pu tourner son index sept fois avant de cliquer, la parité sur l'estrade est finalement bien atteinte. Ce sont bien ces trois hommes et ces trois femmes qui vont animer des ateliers ouverts à tous durant la semaine. Il apprend au passage, grâce à la courte intervention d'un des experts invités que ce que l'on appelle *réalité virtuelle* n'est le plus souvent que de la *réalité augmentée*. Précision technique qui lui rappelle cette chasse aux Pokémons telle qu'il la vu pratiquée en pleine rue il y a peu, par les passionnés du genre... Cette évocation le fait sourire intérieurement :

"Après la peur des écrans, on passerait donc à la peur de la réalité virtuelle et donc au final de la réalité augmentée c'est bien

cela ? Ou bien, serait ce simplement la peur de la connerie augmentée ?"
Une nouvelle pensée que, prudemment, il garde pour lui seul, d'autant que le flux des interventions ne se tarit pas. Expertes, forcément, mais courtes, juste assez pour donner l'eau à la bouche, histoire aussi d'encourager et motiver les bénévoles mobilisés pour animer les ateliers.

Le ton du discours est d'abord un peu sombre. On commence par évoquer une espèce de grande muraille virtuelle qui nous enferme et d'où l'on nous surveille, par le biais des réseaux sociaux, du *big data*, du commerce en ligne intrusif ... On parle de l'influence douce et insidieuse opérée par les robots conversationnels, les Siri, Alexa, OK-Google et consorts. Ainsi, après la récupération de la pub, le numérique mettrait en place, tout en douceur, une intimité artificielle grâce à de petites voix charmantes et très obéissantes. Viendra le temps où l'on vous susurrera des conseils commerciaux, éducatifs, politiques pourquoi pas ? Le tout, en vous ciblant à merveille, car vos données récoltées vous auront trahi! Pire encore, nous serions tous devenus complices en gardant sur soi et en permanence son smartphone - une petite machine devenue machination qui tient dans la main. Il serait désormais étrange de ne pas être *toujours connecté*: a-t-on vraiment le droit d'oublier son smartphone à la maison toute une journée ? C'est encore acceptable mais pour combien de temps encore ? Cela finira par devenir suspect!

Dans un deuxième temps le discours se veut positif. Après tout, on est à Berlin ! Les murailles - virtuelles ou pas - on sait ce qui leur en advient en cette trentième année d'anniversaire de la chute d'un autre mur. Désormais, les échanges sont émaillés de belles envolées,

"Soyons conscient des bienfaits et des dérives de l'internet!"
"C'est une question d'éducation!"
"Savoir résister!"
...

Ce qui amène gentiment à la présentation des ateliers prévus pour la semaine qu'Hugo a organisée.

On commence par l'atelier *smartphonique*[o]: comment faire des expériences de toute sorte en utilisant la panoplie de capteurs intégrés dans cet objet qui ne nous quitte plus ; les accéléromètres, magnétomètres, gyroscopes, capteurs de pression, de luminosité et autres. De quoi mobiliser les bricoleurs et les curieux de sciences, un peu moins les apprentis geeks. On y démystifiera les possibilités miraculeuses de l'objet. Cette chose qui tient dans la main et qui jadis servait surtout à téléphoner étant devenue le petit génie qui nous espionne et dirige nos vies.

Un autre atelier destiné aux jeunes enfants génère plus d'espoir, comme il se doit. Surtout pour des parents culpabilisés par leurs propres habitudes et pratiques dans ce monde numérique qui, pour la plus part d'entre eux, les a capturés au moment de l'adolescence… Ah ces millennials! L'attention est particulièrement soutenue quand l'animateur pressenti soulève un grand cadre en carton, sensé évoquer un écran de tablette et le pose devant lui. Il explique le déroulement d'un atelier quotidien qui commencera pour les enfants par la traversée de cet écran géant…Le franchir pour quitter le monde virtuel, garder l'imaginaire intact, éviter les pièges du *tout instantané*, comme les réseaux sociaux savent nous y entrainer. Tout un programme! Hugo, enthousiaste, interrompt l'intervenant quand celui-ci s'embarque sur les risques de l'empathie artificielle et la relation de l'enfant avec les machines, son sujet préféré.

"Alors, faudrait-il dire 's'il-te-plait' ou 'merci' à un robot ? On remercierait Alexa ou Siri pour avoir répondu favorablement a sa demande, mais pas un moteur de recherche sur son ordinateur perso ? ni d'ailleurs son grille pain pour son travail quotidien? Pourquoi être poli avec une machine ? On me dira : Ce n'est pas un être humain!... Oui mais les règles et les formules de politesse quand même ! Faut bien les faire apprendre aux enfants, non ?"
Hugo ne s'arrete pas là,

---

o « *Smartphonique* » : *expériences de physique avec un smartphone d'Ulysse Delabre*

"Si la distinction entre machine et être humain s'estompe, on va finir par demander aux humains d'être programmés comme les robots!"

L'intervenant quoiqu'amusé est un peu piqué au vif. Il veut reprendre la main,

"Plus grave peut-être, mon cher Hugo, on veut surtout nous vendre des 'marchandises affectives', des émotions, des facilités[p]... Les biens intangibles, comme le bonheur, remplaceraient ainsi les biens matériels, ton grille pain par exemple, dont le marché est de toute façon saturé ..."

"Place au capitalisme émotionnel donc!", ironise Hugo qui s'arrête là, satisfait par la précision de l'expert. Conscient de son élan intrusif, il rend la parole au présentateur.

Augustin écoute avidement les interventions qui se se terminent à chaque fois par la désignation des animateurs bénévoles. Il remarque parmi eux, pas mal de personnes d'un certain âge. Enfin, de sa génération. Les retraités seraient donc de plus en plus nombreux à vouloir reprendre du service auprès de qui pourrait avoir besoin d'eux ? *"C'est donc bien cela, l'avénement des déretraités[q]"*, imagine-t'il. Il se remémore aussi qu'en matière de nouvelles technologies et addiction aux smartphones en particulier, il y aurait deux populations à risques, les ados et justement les retraités. Tout s'explique !

Le dernier atelier présenté ciblera l'emploi et veut inciter les participants à miser sur les nouveaux métiers du numérique.

"Un peu d'optimisme gentiment distillé, face à la casse magistrale des emplois qui est causée par le numérique" soupire Augustin, dont l'attention commence à décliner sérieusement. Il continue à écouter, de moins en moins convaincu par le discours ambiant.

" ... Le système éducatif doit enseigner le B A BA de ces nouveaux métiers ..." Il décroche pour de bon et se met à songer,

---

p   *d'où l'anglicisme « Emodities » pour emotion and commodities*

q   *" Ils arrivent en rafale ", écrit Emma Jacobs dans le Financial Times du 4 Décembre 2017*

"le B, A, BA des nouveaux métiers du numérique ? Hum ..."
Aussitôt, il imagine un nouvel abécédaire digne des bases de données du futur pour le pôle emploi en France.

B,A... BA comme ***Basic Addict*** on commence par ça bien sûr
B,A BB...***Bidouilleur Barjo,*** celui qui sait tout réparer
B,A BC...***Bouffeur de Code,*** le codeur fou qu'on arrête pas
Enthousiasmé par ses premières trouvailles, Augustin se lâche ...
Bulshiter Digital*, le causeur de salon ...*
Branleur Eberlué *de technologie*
Baveux Falsificateur *en cybersécurité*
Big-dataïste Grégaire
Blablateur *d'****Heuristique***
Benchmarker Irréductible
Bootstrapper *en **Java***

...

Il s'arrête tout net. Manquerait-il d'inspiration ? Il n'est pas vraiment convaincu par cette histoire d'emploi numérique, ni par sa capacité à aller jusqu'au couple *BZ*. Mais il y a surtout les regards désapprobateurs de ses voisins, concentrés sur sa personne, car il a quitté, sans s'en rendre compte, le mode *rêverie éveillée* pour celui du monologue. Certes, il parle à voix basse mais c'est quand même perturbateur. Et ce, juste au moment où un autre conférencier s'inquiète du rôle des parents. Ceux-là même qui fantasment un peu trop sur ces métiers très à la mode. De quoi raviver l'intérêt d'Augustin qui redevient silencieux.

...

"Un jeune doit pouvoir rester sur le tempo qu'il a choisi et surtout être acteur du numérique, ou ne pas l'être sans se sentir diminué! Imaginez un peu : à la question posée à un jeune adolescent 'mais qu'est-ce que tu vas pouvoir faire plus tard dans ce monde qui change ?', des parents très branchés, inquisiteurs et inquiets partiraient sans doute en mode panique en écoutant une réponse du genre,
- Je veux étudier les saisons sur Pluton!
- Quoi ?

- Bein oui! Vu son éloignement du soleil, les 4 saisons sur Pluton ça prend 148 ans ! Je ferai des études scientifiques en astrophysique et quant j'aurai fini mon doctorat, je pourrai consacrer ma carrière à étudier le prochain été sur la planétoïde Pluton. Cela devrait commencer vers 2030. Un bon plan de carrière nom ? j'en prends pour trente cinq ans!

- Ce sont des inepties! Mais enfin, tu ne veux donc pas devenir Codeur ? YouTubeur ? Instagramer ? Game programer ? Arrête ces bêtises d'astronomie et vas te coucher! Je vais vérifier ton nombre de Viewers sur tes comptes! Tes notifications et tes likes sont en baisse! Cela ne peut plus durer!" ...

Les mimiques appuyées du conférencier, qui a singé à la perfection le dialogue de sourd imaginaire, déclenchent une hilarité polie. Hugo prend la parole et s'adressant au conférencier,

" *Alors comme ça tu ferais partie de la Secte des cyber minimalistes ? Ceux qui veulent interdir les écrans, tous les écrans avant l'âge de 15 ans!*" Pas démonté, l'autre lui répond,

"On peut au moins se poser la question, non ? Après tout, la société a su se protéger des accidents de voiture en imposant le permis de conduire à 18 ans !..."

Hugo, l'air complice, enchaine et conclut

"Rendez vous donc dans ce dernier atelier qui, on l'espère, fera grincer des dents à nombre de parents pleins de certitudes ...

Manfred est resté très attentif durant ce dernier échange et se dit que finalement il irait bien à cet atelier. Vient l'annonce du spectacle de fin de semaine, avec la liste des enfants volontaires qui prépareront le spectacle final dans l'atelier *clown numérique*... Forcément. Et enfin on termine la séance en déclarant officiellement ouverte la *"Numerische Detox Woche"*. Après quelques applaudissements, Hugo et les autres conférenciers quittent l'estrade. La salle se vide petit à petit. Manfred et Augustin sont sortis parmi les premiers, impressionnés par le programme, autant que par les interventions.

" *Ça donne envie tout cela tu ne trouves pas Augustin ? Je trouve même qu'Arthur et Tikiflor ne sont pas trop jeunes pour participer à l'atelier enfant!"*

le dialogue des carnes élites

" *Oui et j'irais bien aussi à celui-là!*" reprend Augustin, sans malice,
" *Ne rêve pas trop, tu es déjà mobilisé pour le show final!*"
Augustin devrait s'en étonner car personne ne l'en a informé, mais *il est Augustin* et l'individu se doit de rester placide
" *Ah bon, pour faire le clown ?*"
" *Non non ! Ça c'est Dixlat ! D'ailleurs attendons à la sortie, on va regarder la tronche du grand organisateur Hugo Teflon pour savoir si il a avalé la couleuvre ou pas. Non, toi tu seras juste un complice actif, très actif, dans la salle. Helena t'expliquera*"

* * *

"*Comment ça ton ami Dixlat! Ce cuisinier ? Moins d'une semaine pour savoir jouer le contre-pitre avec nous deux ? Mais tu veux rire Helena ?*"

* * *

Le reliquat de la soirée à l'appartement est chaud. On libère Li Cheng qui s'empresse de partir s'aérer. Les deux garnements l'ont fait un peu *"tourner en bourrique"* selon l'expression consacrée qu'Augustin s'est empressé de lui apprendre. Elle préférerait sortir avec Dixlat histoire d'agrémenter l'affaire mais celui-ci est maintenant mobilisé. Il s'agit de lui faire assimiler le script du spectacle prévu avec le *Clown blanc*-Helena et l'*Auguste*-Hugo qui a fini par se laisser convaincre, faute de mieux. Dixlat s'empare d'un feuillet qu'on lui tend. Les autres s'installent face à lui, faisant office de spectateurs.

Li Cheng est ravie de pouvoir s'extirper d'une séance de répétition qui s'annonce studieuse autant que tendue et se contente bien d'une petite promenade dans les alentours. A commencer par un passage par le marché végétarien. Le début de soirée est propice aux affaires. Le marché est très actif avec les retours du travail. On y pense repas du soir ou simplement on s'y change les idées en se promenant parmi les étales. On admire la variété des légumes et des fleurs. Li Cheng n'est pas la dernière. Cette petite agitation lui rappelle un peu le Chongking de son enfance, quand ses grands parents l'emmenaient faire les provisions. Elle déambule nonchalante et puis là, juste devant elle, un très grand bonhomme, assez âgé s'extirpe de derrière une table à tréteaux couvertes de *Vöners* - cette espèce de Kebab végétarien - et faillit heurter la jeune femme. Ce qui frappe Li Cheng est d'abord sa grande taille puis sa tenue vestimentaire, la combinaison qu'Augustin affectionne tant parodier ; pantalon rouge et polo bleu et il y a aussi ce chapeau bizarre en paille. *"Un membre de sa secte ?"* pense t'elle.

"Excusez moi mademoiselle je ne vous avais pas vu!"
"..."
Li Cheng ne sait quoi répondre, encore à sa surprise,
"Et excusez moi encore, je n'aurais du voir que vous!"
Li Cheng rougit, pâlit et finit par rebrousser chemin, toujours silencieuse. Elle presse le pas, non sans se retourner afin de s'assurer qu'elle n'est pas suivie. Hippolyte Teflon a d'autres chats à fouetter. Flatter une jeune femme n'est qu'une routine pour lui. Fut-elle chinoise. Li Cheng réalise soudainement que l'intervention du vieux monsieur s'est faite en langue chinoise, elle en est sûre, en mandarin pour être précis.

"Vraiment, Augustin serait étonné!", pense t'elle.

* * *
*

Letttre de Li Cheng au commissaire politique de la septième section de Chongking

à Berlin,
Année du Cochon de Terre, dixième jour du mois de l'épis à moitié plein

Monsieur le commissaire politique,

Mes colocataires de l'appartement de la Ohlauer strasse évoquent beaucoup devant moi le péril de la numérisation à outrance de leur société. J'avoue mal comprendre leurs inquiétudes. Notre gouvernement n'est il pas parvenu à rétablir la « confiance » au sein de notre pays grâce à la technologie justement ? Il fallait bien diviser les citoyens en deux catégories : d'un côté, les personnes de confiance, de l'autre, ceux qui la rompent! Il en va du bon traitement des problèmes de la société, leur ai je répondu. Ils m'ont alors cité l'exemple de lycées comme celui de Gjangzhou (que je connais bien) qui équipent les élèves de bracelets électroniques avec localisation, surveillance de la bonne condition physique, information envoyés aux parents et mesure des émotions par le rythme cardiaque et la température du corps. Ils y voient une surveillance inacceptable et s'ils comprennent l'intérêt pratique du bracelet pour la cantine et la bibliothèque ils s'offusquent lorsque je leur dit que cela permet d'enrayer l'absentéisme, de s'assurer de la bonne condition physique, d'aider les professeurs à déceler les mauvais éléments qui ne lèvent jamais la main et donc qu'au final cela contribue à une ambiance détendue pour mieux apprendre! Au lieu de cela ils critiquent l'utilisation des informations récoltées qui aboutirait à un "marquage à la culotte" permanent des citoyens ? Il faut que je me renseigne sur le sens exact de cette expression.

Avec toutes considérations patriotiques,
Li Cheng

Letttre de Li Cheng à Zhao Tingyang

à Berlin,
Année du Cochon de Terre, onzième jour du mois de l'épis à moitié plein

Zhao Tingyang

Je viens seulement de recevoir ton dernier courrier. Il faut dire que mes amis de l'appartement ne regardent pas leur boite lettre régulièrement. Ils s'amusent beaucoup à me voir attendre et recevoir des lettres papier de nos jours. Je dois dire que cette image de "ringarde" - m'ont ils dit - qu'ils m'ont collée m'a un peu irrité initialement. J'ai ensuite compris que c'était une plaisanterie amicale.

Une intense activité semble occuper certains d'entre eux sur le sujet du "numérique" justement. L'autre soir encore nous avons longuement parlé de la manière dont le mode de vie est influencé par internet. Je me suis abstenue d'évoquer notre avance en la matière en Chine. Je ne souhaitais pas les rabaisser d'autant que nous dinions dans le restaurant situé dans l'immeuble avec des gens très éloignés du progrès mais que j'apprécie beaucoup.

Pour en revenir à ton courrier, tu sembles bien t'inquiéter pour mes fréquentations mais je dois te rassurer je ne connais pas de radicaux geeks tels que tu me les décrits.

Avec toutes mes considérations patriotiques
Li Cheng

> *"C'est le Tango des bouchers de La Vilette*
> *C'est le tango des tueurs d'abattoir*
> *Venez cueillir les fraises et l'amourette*
> *Et boire du sang avant qu'il soit tout noir"*
> Boris Vian

chapitre 7   Faut que ça saigne!

Augustin fredonne en traversant le marché situé non loin de l'appartement, comme il le fait volontiers lorsqu'il déambule sans but précis. Pourtant ce n'est pas le cas aujourd'hui. Il est chargé de préparer le repas du soir, avec, en premier lieu, une tache en terrain inconnu voire hostile, l'achat des bonnes victuailles pour réaliser son plat préféré, la tête de veau. La vue du marché végétarien lui met en tête la chanson de Boris Vian sur les bouchers de la Villette. *"Une association d'idées peu appropriée en ce lieu,* admet-il à lui-même, *mais assez naturelle suite aux conversations de l'autre soir"*
Après l'intense échange sur le Veganisme au restaurant Ouïgour, il avait eu la furieuse envie d'entreprendre l'écriture d'un roman historique ; décrire les péripéties des légumes asiatiques sur la route de la soie. Dans le sens Chine vers Italie, il va sans dire. Le tout sous le pseudo de *Boris Viande*. Autre évidence. Il s'en était finalement abstenu car le pseudo était déjà pris. Au grand bonheur de Manfred qui, connaissant l'animal, craignait avant toute chose une relecture collective gentiment imposée par l'apprenti écrivain …

Tout en déambulant dans les allées, Il reprend le premier couplet plusieurs fois, faute de connaitre la suite, mais le coeur y est. La bonne humeur ambiante du marché contribue à son euphorie. D'autant que personne ne semble comprendre le français, situation très opportune vu les paroles et le lieu. C'est encore le souvenir de cette bonne soirée au restaurant Ouïgour qui stimule Augustin. Ils avaient quitté les lieux pour se retrouver dans l'appartement, enfin presque tous, il manquait à l'appel Dixlat et Li Cheng, forts occupés semble-t'il. Il y avait eu ce partage des petits moments où l'on rit pour rien, on ne pense plus à ses petits tracas, on reprend parfois le cours de conversations abandonnées lors de dernières rencontres. Tout pour plaire donc. Avec en prime la satisfaction de savoir sa petite protégée bien intégrée, voir plus – il avait suffi d'observer les regards complices échangés par Li Cheng et Dixlat lorsqu'ils s'étaient eclipsé.

"C'est toujours stimulant de se retrouver parmi des jeunes", avait conclu Augustin ce soir là, en précisant savoir de quoi il parlait car *"Il avait été jeune plus longtemps qu'eux"*
Ce sur ce quoi, il avait promis,

"Le prochain repas ensemble, c'est moi qui m'en occupe!"
On dégusterait donc sa spécialité gourmande, la tête de veau à la sauce gribiche.

Les étales se succèdent sans qu'Augustin n'y détecte de quoi accompagner la chose. L'abondance de beaux légumes frais en tout genre est exaltante, mais rend le choix difficile. Il lui faut se concentrer un peu. Au détour d'une allée, il aperçoit un canotier accroché à l'arrière d'un stand qui se déclare *"Vegan"*. Serait-ce *"le"* canotier ? Celui de son compagnon de train ?

"Non! Faut pas exagérer, tout n'est pas que coïncidences quand même!", se dit le sexagénaire qui n'avait pas revu Li Cheng depuis l'autre soir. Bien dommage, elle aurait pu l'éclairer. Il reprend sa quête du bon légume accompagnateur.

"Restons classique, cela sera pomme de terre, voilà tout!"
Lorsqu'on on cherche la bonne patate, en Allemagne, on la trouve. Chaque habitant en consomme en moyenne trente kilos par an. Fut-ce une variété locale, dont il sera toujours interessant de découvrir les saveurs perdues. Augustin a beau demander, il ne trouve pourtant pas la *Schwarzblaue aus dem Frankenwald* [r], pomme de terre traditionnelle à peau violette et à chair blanc crème. On lui explique qu'elle n'est cultivée que par quelques rares agriculteurs, presque exclusivement pour leur consommation personnelle.

---

[r] *littéralement « Bleue noire de la forêt de Franconie », appelée également Schwarzblaue Frankenwälder ou simplement Blaue Bernadette. Soyons précis.*

"Regrettable! Mes efforts de recherche et ma performance linguistique pour prononcer correctement le nom de cette variété méritaient mieux", se dit il. Mais, de là à accepter des patates séculières ou transgéniques ... Aucun risque pourtant avec des marchands aux connaissances très pointues sur l'origine de leurs légumes!

"Pas d'Amflora ni de Fortuna, Ah ça non!"

Au final on lui conseille la *Corne de Bamberg,* originaire de Franconie, trés similaire à la bonne vieille Rate française.

"On restera en terrain connu! " Quant aux ingrédients de la la sauce gribiche, aucun souci ; oeufs, échalotes, cornichons, persil, câpres, citron, le tout, hyper-bio bien sûr, se retrouvent dans son sac en un un clin d'oeil.

*"Passons maintenant à la **carne**..."* Dixlat lui a indiqué l'adresse d'un ami boucher situé non loin du *Landwehr kanal.* Ambiance garantie, lui a simplement dit Dixlat, sans d'avantage de précisions. Il lui faut d'abord traverser un autre marché bien plus grand que le carré végétarien, le fameux marché turc de Kreuzberg. Les étales se succèdent dans une belle pagaille ordonnée - on est à Berlin - loin du bazar oriental, mais les odeurs, les bruits et les couleurs y font penser. Des familles de toutes origines s'y mélangent générant un brouhaha à peine troublé par les cris des vendeurs hâbleurs qui vantent leurs produits en apostrophant les hésitants. Augustin a déjà du mal avec la langue allemande, mais c'est le Turc qu'il lui faudrait ici pratiquer. Toutefois, lorsqu'il est question de nourriture, vendeur et acheteur finissent toujours par se comprendre. On lui confirme assez vite que sa boucherie se trouve sur l'avenue *Paul-Linke-Uffer*, non loin de là. Il lui faut d'abord quitter le marché. Sur le large trottoir qui marque la frontière entre l'orient et le reste du quartier, il croise une ligne de protestataires qui exhibent des photos de baleines sanguinolentes et de cétacés massacrés. Le tout est baigné dans un fond musical oppressant, genre requiem. Un jeune homme, équipé d'un micro, lit des slogans qui dénoncent le massacre rituel des dauphins qui a lieu chaque année aux iles Féroé. Tout à sa quête de la tête de veau, Augustin aperçoit à peine les protestataires, il se demande au passage si les Iles Féroé font toujours partie de la Nor-

vège. Cette lacune géographique le perturbe un peu. Quelques minutes plus tard, il retrouve l'Orient. L'endroit indiqué est une boucherie et aussi bien davantage en cette période de l'Aïd. L'ambiance, car c'est bien le mot, est chaude. Il s'agit pour les clients de se ravitailler à temps et en quantité suffisante car la fête de la fin du jeûne approche. C'est peu de dire qu'Augustin détonne un peu parmi les nombreux clients qui ne semblent pas vraiment le remarquer. On finit par s'occuper de lui. Sa demande n'étonne pas lorsqu'il s'enquiert sur l'état des têtes de veau disponibles. Il est plutôt sain de demander à voir avant d'acheter non ? Le commis[16] qui s'occupe de lui, est très zélé et met un point d'honneur à bien servir le seul *allemand* – enfin d'apparence – présent dans la boutique. Une incapacité notoire à discuter les prix se lit sans doute sur le visage d'Augustin. On fait donc affaire assez rapidement, au grand bénéfice de la boucherie. Le prix est sans doute à la hauteur des espoirs culinaires d'Augustin. Ceci le soucie peu, en revanche , il a l'habitude que son boucher lui désosse et roule la tête de l'animal, ce qui n'est semble t'il pas dans les attributions du commis, déjà passé à une autre cliente très exigeante.

"Bon! Y aura bien un tutoriel sur internet : comment préparer sa tête de veau, la meilleure méthode pour désosser, faire dégorger et blanchir... On verra bien!" Se dit Augustin, malgré tout très satisfait de son acquisition.

Il s'apprête à sortir de la boucherie lorsque surgissent trois individus en parka, emmitouflés, bonnets, écharpes noirs et lunettes de soleil masquant les visages. Ils bousculent les clients sur leur passage et lancent en même temps des balles en caoutchouc fin qui explosent sur le mur derrière le comptoir, aspergeant tout ce qui se trouve en dessous d'un liquide écarlate. Un des trois se met à hurler.

"Speziesisten!!! [s] *"* pendant que les deux autres continuent à sortir des projectiles de leur sac porté en bandoulière et à les lancer autour d'eux. Passé un très court instant de flottement, les clients éclaboussés se mettent à hurler, eux aussi. Le patron de la boucherie

---

[s] *On admettra que pour le coup il fallait la V.O. : "Spécistes"*

le dialogue des carnes élites

sort de l'arrière boutique, l'air ahuri. L'affaire dure bien moins d'une minute, mais déjà le commis principal, celui là même qui s'est occupé d'Augustin sort de sa stupeur et brandit un hachoir. Signal bien reçu qui prélude à un départ imminent des trois individus. Augustin, comme les autres clients, n'a pas bougé. Enfin, pas physiquement. Dans sa tête ça déménage sérieusement. *"C'est pas possible! Mon cauchemar recommence!"* Et *"Pas de réveil, ni de perroquet pour me sauver cette fois ci ..."*. Il voit un des agresseurs sortir un marteau et cogner sur la vitrine du comptoir qui explose. Le boucher recule, mais les commis, maintenant remis du premier choc, s'apprêtent à contourner le comptoir endomagé, le regard haineux mais les trois agresseurs ont déjà tourné les talons pour sortir du magasin. Augustin réalise immédiatement qu'il se trouve sur leur trajectoire. Sans doute instruit par son rêve prémonitoire, il se recule à temps. Le plus grand des assaillants finit de bousculer les clients pour se frayer un passage et sort en courant suivi des deux autres. Une camionnette grise les attend en double file. Les commis se pressent vers la sortie à leur poursuite mais le patron de la boucherie leur crie de rester à l'intérieur. Un ordre sans appel. La prudence de l'immigré a pris le dessus sur l'émotion. On a beau être la victime, l'autorité locale peut apprécier l'affaire différemment. Augustin, au demeurant très satisfait de son sort - il n'a pas été aspergé ni bousculé cette fois ci -, reste tranquille et spectateur depuis l'intérieur de la boutique. Justement, le show n'est pas terminé. La troisième silhouette emmitouflée est sur le point de rejoindre le véhicule mais semble vaciller avant de s'écraser comme une crêpe sur le trottoir. Elle vient de glisser sur ce qui, aux yeux d'Augustin expert en déjections canines parisiennes, en est bien une, même si berlinoise.

Est-ce la peur des bouchers en furie qui sortent du magasin ? La précipitation ? Ou par pure lâcheté ? En tout cas la camionnette semble décoller pendant que la porte latérale se ferme. La silhouette tombée reste affalée sur le trottoir, seule. Des passants s'attroupent autour d'elle alors qu'elle essaie de se redresser, sans succès en émettant un cri de douleur. Il y a eu de la casse. Fortuitement, une voiture de police se présente au coin de la rue. Le patron boucher a de plus en plus de mal à contrôler son petit monde. Les policiers sortent de leur véhicule à la vue du petit attroupement et entourent la silhouette pour la protéger. Juste à temps, les commis étaient prêts pour le massacre, avec ou sans la bénédiction du patron.

* * *

Une demi heure plus tard Augustin, a repris ses esprits et le chemin du retour vers l'appartement. Il marche lentement, un peu sonné. Il y a le poids des courses de l'après midi, dont le trophée - sa tête de veau - sauvé du happening ruisselant de fausse hémoglobine à la boucherie. Il y a aussi cette belle glissade dont il a été témoin. Moins glorieuse et plus tragique que la sienne sur le pâté dans le compartiment du train qui l'a emmené de Paris mais il prend cela pour un nouvel avertissement. Jamais deux sans trois … Et puis surtout, il revoit l'arrestation de la silhouette, une jeune femme. Ses cris. De douleur d'abord, puis simplement haineux à la vue des policiers qui l'avaient pourtant protégée et qu'ils essayaient d'assister. Le flic berlinois est zen - enfin comparé à ceux d'autres cités - mais ils leur avait fallu beaucoup de patience. Un enquêteur avait ensuite interrogé les témoins sur les circonstances de l'attaque de la boucherie. Il avait fini, un peu las, par se confier auprès d'Augustin, toujours bonne oreille.

"Les défenseurs les plus radicaux de la cause animale se font parfois les missionnaires d'un nouvel extrémisme, vous ne trouvez pas ?".

Augustin, peu à l'aise avec les représentants de l'ordre, avait été impressionné par la formulation mais préféra l'esquive

"Si les animalistes ne mangeaient que de l'herbe il n'en resterait plus pour les animaux qu'ils veulent protéger".

Ce qui eut pour avantage de dérider - un peu - le fonctionnaire intellectuel et désabusé.

Sur le chemin du retour vers l'appartement, Augustin se décontracte maintenant peu à peu, surtout après avoir quitté le marché.

L'appréhension d'une possible nouvelle agression s'estompe au bénéfice d'une simple lassitude qu'il exprime à voix basse,

"Le monde est ainsi fait, voilà tout", suivi d'un

"Spéciste je le suis, et même je le clame haut et fort, je suis un spéciste homo sapiens, qu'on se le dise !".

Ferme revendication qui lui permet de clore l'affaire et passer à autre chose. Une fois rentré, le moment culinaire qu'il entreprend est sensé éclipser définitivement la mésaventure de l'après midi. Il préfère minimiser l'épisode de la boucherie auprès de ses amis qui rentrent les uns après les autres en faisant un petit crochet par la cuisine, sans trop s'y attarder. On peut le comprendre. En effet, Augustin est assis face à la tête de veau obtenue de haute lutte à la boucherie. Elle trône sur le plan de travail. C'est une chose de déguster son met préféré, il en est une autre de se retrouver avec la *"vraie chose"* en face de soi au lieu du morceau tout bien préparé. Alors que là … le regard vitreux de l'animal et la langue pendante n'invitent pas à l'action. Ce n'est pas tant l'ampleur des taches requises - désosser, faire dégorger et blanchir - que cette présence inhabituelle qui le trouble. Enfin, juste un peu. *"Tout le monde se régalera"* il en est sûr, méthode Coué oblige. Il visionne une dernière fois le tutoriel et décide de se lancer, non sans avoir au préalable envoyé une nouvelle fois le *"Tango des bouchers de la Villette"* sur la sono de l'appartement.

    Et Augustin n'avait pas tort lorsque il avait promis un met délicieux ! Le temps passé en cuisine s'avère payant. La sauce Gribiche y est pour beaucoup, sans doute, *"Surtout!"* insiste Augustin qui ne se ressert de viande que deux fois, *"Pour en laisser aux autres"*. La discussion qui accompagne le repas revient malgré tout sur l'aventure d'Augustin. Dixlat est très ennuyé et remonté contre ces « *extrémistes* », il s'en veut aussi d'avoir envoyé Augustin dans cette boucherie là.

    "Presque à l'abattoir en quelque sorte" lâche Manfred, perfide. Dixlat ne parait pas gouter la plaisanterie et se contente de commenter,

"Quand on voit quelqu'un qui se dit vegan, donc en principe contre la violence sur tous les êtres vivants, devenir casseur, voir d'avantage, il y a de quoi désespérer non ?"
Thelma a l'habitude d'intervenir de manière péremptoire. Serait-ce son coté universitaire ? Le besoin de mettre un terme à l'échange ? Elle sent Augustin prêt à renchérir. Ou peut-être veut-elle envoyer un message à destination de Li Cheng qui l'avait entreprise l'après midi même sur *"La grandeur d'une société lorsqu'elle est apaisée"* ? En tout cas elle dégaine,

"Les grandes utopies laïques - après les religions donc - ont structuré la haine. Mais de nos jours, elles sont affaiblies et ces radicaux ne sont plus que des moulins robotisés de la haine pure et de la peur. Il ne faut pas confondre l'idéal Vegan et l'extrémisme des animalistes"
Augustin se régale et choisit de ne pas alimenter l'échange. La capacité de la jeuen Allemande à intellectualiser tout contexte, quasi instantanément l' impressionne. Cependant il réalise aussi que l'atmosphère est définitivement plombée. Sa conclusion tombe sans appel possible.

"On ne se méfie jamais assez de la tête de veau, c'est un peu lourd"

* * *

le dialogue des carnes élites

La petite pièce est sombre. Hugo Teflon est sans doute généreux mais il a ses limites. Le studio qu'il a installé dans son domaine pour son père est sympathique et modeste. Ce qui veut dire petit. Haut de plafond - cela tombe bien vue la taille d'Hippolyte - mais vraiment petit. Ils sont cinq à se serrer autour d'une table basse couverte de documents. De cannettes de bière également. Beaucoup et toutes estampillées *biologiques*.

Il y a autour d'Hippolyte Teflon les *deux lâches* - c'est ainsi qu'il les appelle - qui ont abandonné leur complice Angelika lors de la *"2AS"*, comprendre *"Action Anti Spécistes"* de l'après midi, et deux autres jeunes femmes. Point commun, tous portent plus ou moins visibles des tatouages pastoraux à profusion. Pas le genre punk, mais définitivement pas le look rangé. Ils ruminent ensemble sur le mauvais sort depuis prés d'une heure et le retour piteux des deux cibles d'Hippolyte qui ne les ménage pas et gronde,

"Heureusement pour vous, j'ai eu des nouvelles d'Angelika. Elle a juste une sérieuse entorse et les charges contre elles ne sont pas évidentes vu que personne n'a su dire avec certitude qui a défoncé le comptoir de la boucherie, seul acte contre lequel le boucher a porté plainte"

Personne ne bronche. Le côté patriarche et chef de bande d'Hippolyte sans doute. On a beau être des militants radicaux, se faire engueuler par celui qui pourrait être votre grand-père ça pousse a l'humilité. Hippolyte en profite,

"Elle ne restera pas longtemps en garde à vue. Raison de plus pour continuer à dérouler le plan prévu pour cette semaine"

Timidement quelqu'un tente,

"Pour les distributions de tracts largués depuis le drone, on a tout préparé"

"Tu sais quoi ? Tes tracts, et bien tu peux te les mettre au ... Hippolyte passablement exalté parvient à s'arrêter à temps et reprend plus calmement;

"Non, on passe directement à la phase trois, le Zoo. Il faut profiter de l'événement de la semaine, l'arrivée du deuxième panda, pour libérer des animaux et dénoncer ce système carcéral infernal!"

"*On a regardé pour les cages de volatiles, c'est jouable et ça plaira aux visiteurs ...*"

"*Mouais! plus facile que de libérer les fauves, hé ? Alors on va y arriver cette fois-ci, vous croyez ?*"

Hippolyte n'a pas pu s'empêcher d'ironiser. En fait, plus il les regarde, plus il les trouve idiots, des idiots certes bien utiles à l'industrie agro-alimentaire qui prépare les nourritures de synthèse du futur, viande artificielle and co ... mais des idiots quand même. Il sourit pour la première fois, ce qui a pour effet de détendre l'atmosphère. On le dirait descendu de ses grands chevaux, reste encore à savoir si l'équitation est bannie chez les animalistes purs et durs. Les bières au houblon bio circulent, puis une bouteille de schnaps. Bio ? Pas sûr! Mais il arrache ! Au grand bonheur de la petite assemblée. Cette histoire de Panda ne plait qu'à moitié à Hippolyte; il y a trop de risques vue la notoriété de l'animal, mais bon, il doit faire semblant d'y croire. Il regarde son verre vide,

"*Après tout, Angelika ne rentrera pas ce soir, autant se lâcher un peu*"

* * *
*

Letttre de Li Cheng au commissaire politique de la septième section de Chongking

A Berlin,
Année du Cochon de Terre, quatorzième jour du mois de l'épis à moitié plein

Monsieur le commissaire politique,

J'évoquais dans une lettre une mouvance locale qui s'oppose à la consommation animale. Ce Monsieur Augustin Triboulet qui est venu visiter son neveux (qui m'héberge à Berlin) nous a rapporté à quel point tout cela peut devenir violent. Si je comprends bien, ces personnes s'opposent avec véhémence à une idéologie dominante qu'ils appellent "spécisme". Le spécisme prônerait selon eux une hiérarchie entre les espèces et la supériorité de l'être humain sur toutes les autres et donc les animaux. Ce qui permet aux humains de justifier le massacre de nos amis les bêtes qui finissent dans les assiettes ? Ce Monsieur Augustin Triboulet disait "Le fond mérite débat, la manière dont il est mené interroge: les radicaux de la cause animale vont-ils trop loin?" et en concluant même " Y aurait il besoin de déradicaliser les végans ?".

J'ai échangé avec Zhao sur tout cela mais il ne semble pas du tout intéressé. Il m'a en revanche recommandé de nouveau de prêter attention à de vrais radicaux qui, selon lui, sont ceux qui s'opposent à la technologie en lui prêtant tous les mots de notre époque. J'avoue être un peu perplexe car les personnes que je rencontre me paraissent très équilibrées et sensées lorsqu'elles évoquent cette modernité, même si je n'adhère pas toujours à leur vision critique. Je vous en parlerai d'avantage après cette semaine. Je vais suivre une événement local appelé « detox woche » durant ces prochains jours qui devrait m'éclairer à ce sujet.

Avec toutes mes considérations patriotiques,
Li Cheng

le dialogue des carnes élites

> « *Le clown est un acteur qui possède parfaitement ses moyens tout en faisant semblant de ne rien maîtriser* »

Peter Bu

chapitre 8   On répète et on ressasse

Quand deux *"Téflon"* se croisent, peuvent-ils s'attacher ? Vaste question s'il en est.

Il est tard, Hugo est en route pour assister au debrief quotidien de la *Detox Woche*. Il y a peu de circulation en ce début de soirée, la pénombre s'installe autour des rares piétons pressés. Il marche à grands pas, l'humeur maussade. Les ateliers se passent pourtant bien ; bonne participation, retour élogieux de quelques élus du quartier, mais il n'a toujours pas reçu de nouvelles d'Helena. Certes elle l'avait bien prévenu, elle ne serait sans doute pas à la répétition de ce soir mais elle n'a même pas envoyé un message encourageant, ni surtout la confirmation du remplaçant d'Uli ! C'est qu'il y tient à ce moment clownesque, prévu pour clôturer *"Cette foutue semaine numérique de merde!"*. Il lui faut absolument répéter avec son contre-pitre! Et voilà que maintenant au loin devant lui, sur le trottoir désert, il aperçoit son père se dirigeant vers lui. *"Son clown de père!"* Quelle dérision! Il met un terme rapide à cette idée furtive et ridicule, *"Non! Pas lui quand même pour remplacer Uli!"* ... Le vieil homme avance vers Hugo, en zigzagant sur le trottoir. Sa canne, qu'il brandit fièrement, est pointée vers le ciel et ne semble être d'aucun secours, ni utilité. Il titube légèrement, le canotier porté de travers. Il n'a pas encore aperçu son fils. On peut se demander s'il voit quiconque, tant son regard est vitreux. Hugo est éberlué en le voyant ainsi s'approcher,

"Mais enfin dans quel état es tu ?"
"Etat, et tas, et ta soeur ..."

Hugo sait son géniteur excentrique et accepterait volontiers les écarts verbaux de son père, après tout, à son âge ... *"Mais pas ce soir, merde! Pas ce soir!"* Il n'a de toute manière pas le temps de lui répondre.
    "Hugo! **ils** *ont arrêté mon Angelika! Ma petite Angelika ... Ils l'ont coffrée, ces sales fascistes de spécistes!"*
Fort heureusement - pour Hugo - une silhouette se précipite vers Hippolyte et lui prend le bras. La silhouette s'avère être une jeune femme bien bâtie, *"Tiens une nouvelle!"* pense Hugo.
    "Ne vous inquiétez pas je raccompagne votre père chez lui. On a un peu trop arrosé un événement douloureux, voilà tout"
En temps ordinaire, Hugo aurait insisté pour raccompagner lui même Hippolyte, voire se serait intéressé à l'événement en question, mais là... *"Trop chiant le paternel, vraiment trop chiant!"* Il est finalement assez satisfait de laisser faire la jeune personne qui prend le bras d'Hippolyte avec bienveillance mais fermeté et s'apprête à l'emmener. Rassuré, Hugo va pouvoir revenir à sa propre petite obsession du moment. L'homme est ainsi fait. Moi d'abord.
    "J'avoue que cela m'arrange bien. Prévenez moi si besoin bien sûr ..."
On ne connait pas le sentiment de culpabilité chez les Teflon. Un sentiment qui accroche trop sans doute. Et puis vraiment, de toute façon, il n'a pas le temps!

* * *

    Le clown est triste. Lieu commun et paradoxal s'il en est, mais qui colle bien à la peau d'Hugo lorsqu'il se met dans celle de son personnage l'*Auguste* ... Triste, Il l'a toujours été, même s'il a appris à le cacher, grâce à une faconde intarissable ; *"Un bel enfant métis qui parle bien et beaucoup"* disait-on de lui *"Au regard triste"* précisait parfois les enseignants, avec l'inévitable *"Qu'est ce qui ne va pas à la maison ?"*.
On pouvait deviner; il était élevé par son seul père aux absences régulières, plus ou moins secondé par des baby sitters de passage et

peu motivées, allant d'un pays à un autre... Tout y était pour que l'enfant loquace et ténébreux se transforme ensuite en adolescent révolté et peu enclin à accepter les nécessaires compromis de l'existence. Un jeune adulte était pourtant sorti indemne de ces temps difficiles, blindé pour la vie. Son visage en avait profité pour se doter de traits légèrement ridés, en particulier autour de ce sourcil droit légèrement relevé. A force de grimacer peut être ? Car Hugo avait très tôt compris l'utilité de savoir faire le pitre. Dans ses plus anciens souvenirs, il était l'amuseur, celui qui déridait (justement) son entourage à défaut de lui même. Toujours à contre temps de ce que l'on attendait de lui. Le décalage entre une tristesse apparente et un soudain jaillissement de grimaces surprenait l'adulte et le camarade de classe. Il avait vite appris à en jouer. Tellement commode. Pouvoir se sortir d'une remontée de bretelles, échapper à l'ire d'un éducateur et mieux encore, savoir retourner l'agressivité du *bully* pour en devenir son bouffon protégé ...

    Clown dans l'âme, il l'est pour sûr! Est-ce l'héritage d'un père fantasque et d'une mère vite évaporée dont il ne connait que quelques rares photos de chanteuse de cabaret à Lisbonne ? Ou un simple réflexe de survie ? ... Pour le reste, tout le reste en fait, il s'en moque, même si ses talents d'organisateur et animateur lui permettent de *faire bouillir la marmite*. Autre expression d'un autre âge que son père lui a légué à défaut d'autre chose. Autant dire que l'opportunité de faire le clown à l'occasion de la *Detox Woche* lui est très chère, plus que le reste. Il a beaucoup bossé pour rendre la chose possible et il l'espère, drôle! Alors il se rassure comme il peut *"Le sujet du numérique pour faire le clown, c'est un peu 'prise de tête', mais bon, allez! Avec l'aide de deux comparses, cela devait pouvoir le faire, enfin ... si le remplaçant d'Uli tient la route "* Mais il n'y aura qu'une après midi pour répéter le déroulement d'un show d'une petite heure :*"Chaud ! Si au moins le trio pouvait être au complet une fois!"*, c'est l'ultime pensée inquiète d'Hugo en entrant dans le bâtiment principal de l'*Umspannwerk*. Il est littéralement scotché par ce qu'il voit. Les changements opérés depuis la dernière réunion y sont pour quelque chose. Tout parait en place. On a pu reconstituer

le dialogue des carnes élites

une piste sablée de cirque avec des bancs bien agencés sur le pourtour en gradins, à l'exception de l'accès aux coulisses. Un grand rideau noir en masque l'entrée. Il est couvert de colonnes de petits "0" et "1" de couleur vert-vif, aléatoirement répartis, genre matrix,. Un malicieux "2" est inséré dans une des colonnes en plein milieu du rideau. Hugo remarque surtout avec soulagement Helena qui a donc pu se libérer. Elle parcourt la piste lentement, accompagnée d'un jeune homme aux traits asiatiques.

Les deux amis sont arrivées très tôt. Apercevant le visage encore un peu contrarié (de nature?) d'Hugo, Helena croise son regard et lui sourit, pour tenter de le rassurer définitivement. L'effet y est. La voir accompagnée du *"remplaçant"* a fait son effet. *"On verra bien avec ce Dixlat"* se dit Hugo en la voyant reprendre sa déambulation sur la piste et multiplier les cabrioles en tout genre avant de se poser devant lui.

" *Aie confiance Hugo …* " dit Helena

" *Hummm* "

"Bonjour Monsieur Auguste"

Hugo n'a plus le choix, il rend les armes, cerné par l'envahissante bonne humeur d'Helena et l'enthousiasme apparent de Dixlat.

Le mot clown vient, dit-on, de l'allemand *klund* qui décrit entre autre, un homme rustique et balourd. Ou de l'anglais *clod* pour rustaud, bouffon campagnard. Pas très éloigné donc. Toujours est il que très tôt en occident, il devient un personnage de théâtre. Dixlat ne sait pas trop ce qu'il en est dans la culture Ouïgour, mais pour l'aspect rustique, il est bien équipé. Sa famille est arrivée en Allemagne directement depuis les steppes du Xi Jiang. Il n'a pas beaucoup à se forcer pour faire le lourdaud. Quand au côté théâtre, il suffit de le voir opérer dans son restaurant …

"Tu seras le contre pitre" lui a seulement dit Helena

"Contre qui ?" Tenta Dixlat sans se forcer pour commencer son rôle, ce qui plait à Hugo, quand elle lui rapporte l'anecdote. Celui-ci est maintenant motivé pour expliquer – une nouvelle fois - les caractères consacrés de la clownerie,

le dialogue des carnes élites

"Il y a l'Auguste, l'impertinent, le spécialiste en bouffonneries. Plein de bonne volonté, Il déstabilise le clown blanc et lui fait rater toutes ses entreprises"

"Et c'est donc toi ?" Lance ironiquement Helena
Sans sourciller - il n'en a pas besoin, une inclinaison naturelle y pourvoit - Hugo se tourne vers elle et poursuit impassible

"Le clown blanc est, en apparence, digne et autoritaire. Il est élégant. Aérien, pétillant, malicieux, plutôt velléitaire, il fait valoir l'Auguste, le met en valeur en dépit de ses perturbations, n'est-ce pas Helena ?"

"Moi ce que j'aime le plus, c'est le rouge sur les lèvres, les narines et les oreilles et surtout la mouche! Ah la mouche! Comme pour les jolies marquises, un petit point noir sur la joue"
Hugo reprend, insensible à la coquetterie d'Helena

"Quand à toi Dixlat, tu es mon second, le gaffeur qui ne comprend rien, ne retient rien et dont les initiatives se terminent en catastrophe. Tu ponctues les situations et tu t'effaces quand il le faut, compris ? ..."

Dixlat sourit. Il devrait être impressionné par la description très résumée de son rôle, mais cela ne l'inquiète pas plus que cela. Sans doute est ce l'effet d'une nouvelle nuit torride passée avec sa voisine du dessus. Tout lui va bien aujourd'hui. Une adhésion immédiate renforcée par le sourire éclatant de Li Cheng tout aussi épanouie et qui vient d'arriver avec Augustin Triboulet. Déjà Hugo reprend ses explications. Le ton devient encore plus professoral.

*"Le rire serait un adoucisseur social, soit! Mais pour ce show, le rire devra être jaune, on va se moquer des usages que font nos contemporains du numérique. On va ridiculiser le rapport de l'**homo-numerus** à l'espace et au temps!"*

Les regards échangés par l'entourage d'Hugo trahissent une certaine inquiétude. Va t'il remettre le couvert ? Il a déjà lu et commenté longuement le scénario de chaque sketch et l'intention masquée derrière chacun d'eux. Augustin se délecte néanmoins, il chuchote à Li Cheng,

le dialogue des carnes élites

" *Tu vas voir, il va nous refaire l'explication de la perte du sens de l'orientation à cause des GPS et du hold up massif de l'attention des internautes par les GAFAs*"
Il aurait mieux fait de se taire. Même discret, il a attiré l'attention d'Hugo.

"*Et vous, cher Monsieur Triboulet, je compte sur vous pour le démarrage du show, tout est prêt m'a t'on dit ?*"
Augustin ressent ce frisson de l'élève dissipé qui n'écoutait pas le professeur. Il ne peut s'empêcher de bredouiller, lorsqu'il répond par l'affirmative. Li Cheng sourit de plus belle. Elle n'est pas la seule. Imperturbable, Hugo continue, on dirait maintenant qu'il se parle à lui même

"*Le point d'orgue sera le moment où l'on parodiera l'illusion créée par l'internet ; celle qui fait croire que tout besoin, toute passion serait immédiatement satisfaite par un clic!*"
Helena se décide courageusement à le ramener à la dure réalité en évoquant le rôle des enfants dans chaque sketch.

"*Pour le sketch sur l'espace il y aura le petit poucet et la flute de Hamelin, ça marche bien, mais pour celui du temps on va devoir revoir le sketch du '**je veux tout, tout-de-suite !**'il est peut-être un peu faible* »
Puis, sans laisser le temps à Hugo de réagir, elle appelle la dizaine de gamins présents, avec parmi eux Arthur et Tikiflor. Ils ne sont pas intimidés, d'autant que les trois clowns entreprennent de s'habiller et de se grimer devant eux. Un vrai show en soi …

* * *

La répétition aura duré une paire d'heures. Hugo a joué, coaché, stimulé et énervé un peu tout le monde. Il est lessivé par l'intense séance qui s'achève enfin.

"*Bonne fatigue!*" se plait-il à dire en regardant Helena et Dixlat en train de se changer pour retrouver leur tenue de ville. La plus part des participants se sont esquivés, bien content de pouvoir prétexter *"les enfants qu'il faut ramener à la maison"*, contre l'avis de ceux-ci qui s'amusent bien à faire le clown et pour une fois officiellement. Mais il en est ainsi, les parents veulent rentrer chez eux et se garder *"un peu de temps pour eux"*, selon l'expression contemporaine consacrée. L'individu, de nos jours, devrait ainsi gérer un planning personnel - sur son smartphone, obligé! - avec soin afin, d'y inscrire son instant syndical minimum de nombrilisme ? Hugo en a l'habitude et ne s'en offusque pas. Le bénévole, ça se gère comme ça. Il faut déjà se réjouir d'en attirer quelques uns, faire avec et se rappeler que celui-ci cultive l'art de vous laisser en plan au pire moment. Sans que l'on puisse lui reprocher quoi que ce soit.

"Allez, on range bien son costume et on se retrouve samedi, une heure avant le début du show! Bonne fin de soirée!"
Il a décroché bien haut sa dernière salve d'instructions sans trop d'illusion, mais avec panache, *"Comme un archer anglais à Agincourt"* lui a appris un professeur de théâtre d'origine britannique pour qui l'orthographe « *Azincourt* » n'existait que dans les livres d'histoire des mangeurs de grenouille. Il quitte la salle avec *"son sac de clown"*. Il lui faut décompresser. Il a seulement envie de se lâcher en allant danser. Le temps de passer chez lui, se rafraichir puis il ira en boite, au moins, il ne risque pas d'y retrouver son père *"Il n'avait pas l'air frais l'animal"* pense t'il.

Ce qui s'avère exact car au même moment, Hippolyte Teflon dort profondément tout habillé sur son lit. Il n'est pas seul dans le studio. La jeune femme qui l'a ramené est maintenant entourée des deux militants anti-spécistes de la triste épopée à la boucherie Ouïgour. Elle lit et relit perplexe le message écrit sur une grande feuille laissée en évidence par Hippolyte. Le ronflement émis par leur mentor trouble moins les trois militants que le contenu du message : après une envolée lyrique sur les populations barbares qui s'enivrent du sang des victimes animales innocentes, Hippolyte demande à ses *"camarades"* d'effectuer deux taches. Tout d'abord, aller jusqu'au restaurant Ouïgour du quartier et glisser une enveloppe qu'il a préparé, dans la boite à lettre. Puis, aller récupérer chez son fils qui habite à coté du studio, un sac contenant un costume de clown. Le tout, sans autres explications et la recommandation expresse de surtout ne pas se faire remarquer.

"Comme s'il ne peut pas s'en occuper lui même!"

"Tu as quand même compris qu'il ne souhaite en aucune manière être soupçonné par son fils quand même! C'est clair, non ?"

"Oui, en même temps, c'est toujours les mêmes qui vont au charbon ..."

"Moi, ce que je ne comprends pas c'est son acharnement sur ces Ouïgours. Ce ne sont pas franchement les seuls massacreurs d'animaux quand même!"

* * *

Ce même soir, Dixlat rentre silencieusement au restaurant après avoir quitté dans la rue ses *amis de l'appartement du dessus* et surtout Li Cheng. Il relit sur la vitrine l'affichette posée par son père.
En raison du Ramadan les horaires du restaurant sont décalés, du lundi 6 mai au mercredi 5 juillet.
Sans autres précisions, comme si l'évidence de l'heure de la rupture du jeune, à la nuit tombée, allait de soi. Son regard balaie la suite du texte inscrit en lettres rouges
La fête de l'Aid el kebir aura lieu le dimanche 11 août, pensez à réserver! [t]

Dixlat réalise en lisant que tout cela commence à faire beaucoup. Entre le restaurant, la tradition familiale autour du Ramadan, le spectacle *Detox* et son nouveau rôle de clown à venir, il se demande un peu comment il va gérer le tout, pourtant il reste sur son petit nuage. Et voilà que son père, qui l'attendait dans la cuisine,

---

[t] *"A la veille du Ramadan, trois petits jours avant sa célébration, en plein cœur de la province majoritairement musulmane du Xinjiang, les Ouïgours ont subi l'affront de voir un grand Barnum troubler l'arrivée du mois saint de l'islam, derrière lequel la main de fer de Pékin peine à se dissimuler : une fête de la bière, ou comment accabler un peu plus cette population à qui aucune offense, restriction religieuse et persécution n'est épargnée"* Washington post , 5 Mai 2015

l'interpelle : il lui parle du congrès mondial des Ouïgour en exil qui se tient à Munich. Manière subtile de lui distiller son désaccord quand à sa relation avec la *"Han"* de l'appartement du dessus, cette Li Cheng, charmante sans doute, mais avant tout une *"Han"*. Puis, histoire de le culpabiliser encore un peu plus, il termine par,

"Ah si j'étais plus jeune j'y serai bien allé moi au congrès!"

"Père, tu connais très bien le risque ... les agents Chinois opèrent partout"

"Je le sais et je ne vais pas vous mettre en péril. Ah n'empêche! Si j'avais ton âge!..."

* * *

*

Letttre de Zhao Tingyang à Li Cheng

A Berlin,
Année du Cochon de Terre, dix huitième jour du mois de l'épis à moitié plein

Li Cheng

Tu évoques souvent l'état d'esprit de tes colocataires et il est grand temps que nous en parlions. Je suis déçu par tes fréquentations. Cette mouvance anti-numérique que tu rapportes est très subversive! Comment peuvent-ils ignorer l'importance, dans une société moderne, à passer tout un chacun au crible de la légalité et de la moralité! Collecter des données sur les individus et les entreprises, depuis leur capacité à tenir leurs engagements commerciaux jusqu'à leur comportement sur les réseaux sociaux, en passant par le respect du code de la route, cela les choquent ? Et bien, cela confirme à mes yeux leurs caractéristiques d'asociaux ! Quel triste score obtiendraient-ils sur leur note de crédit social en Chine! Il faut des récompenses et des sanctions selon son comportement ; restreindre l'accès à certains emplois, prêts, écoles ou transports publics avec des « listes noires » comme pour cela existe déjà pour pouvoir prendre le train. Voilà ce qui consolide une société !

Penses-y!

Zhao Tingyang

"Qui ne pète ni ne rote se voue à l'explosion"

pensée attribuée à Lao Tseu

Chapitre 9   Un panda peut en cacher un autre

C'est vendredi, jour de la visite hebdomadaire au zoo de *Tier-Garten* pour Arthur et Tikiflor. La petite aventure s'effectue habituellement sous le haut patronage de Li Cheng qui se plait bien dans son rôle bien établi de baby sitter préceptrice. Augustin voudrait bien s'inviter et participer à l'expédition. Tout a défilé à grande vitesse pour lui depuis son arrivée à Berlin et il réalise qu'il va quitter la ville dans quelques jours, sans avoir pu passer beaucoup de temps avec le petit Arthur. Il craint trop les reproches à venir de sa concierge Marie-Angèle pour en rester là.

"Li Cheng, accepterais tu l'enfant attardé que je suis, en sus de tes deux petits habitués ?"

"Oui! Mais on se prépare vite! On part tout de suite! Il ne faut pas rater l'arrivée du second panda au Zoo!
Tant d'enthousiasme fait chaud au coeur. Il sent bien que la jeune femme a plein de choses à lui expliquer sur ce symbole de la diplomatie de l'empire du milieu, revisitée par le Parti communiste Chinois ... Et de fait, Li Cheng ne s'en tient pas là et poursuit,

"Il y a déjà la jolie 梦梦 Meng Meng, ce qui signifie le rêve. Aujourd'hui arrive un mâle, Jiao Qing 娇庆 . C'est curieux cela veut dire - célébrer le délicat – ce qui n'est pas un nom courant pour un Panda ! Ou alors, quand on lui a donné son nom, on a peut être voulu dire - Qing Qing le délicat - ce qui aurait fait Jiao Qing ?"
Augustin n'a pas vraiment d'avis, ni d'ailleurs tout à fait suivi l'explication. Il n'a aucune notion de la langue chinoise et il se contente de hocher la tête, l'air entendu. L'expertise bavarde sur un sujet,

fusse le Panda, le fascine toujours. Il a envie de questionner Li Cheng sur le mode de vie des Pandas. Ils ne mangent que des bambous, c'est a peu prés tout ce qu'il sait. *"Les pandas seraient donc de véritables et honorables vegans ?"*, mais il s'abstient de l'importuner à ce sujet, enfin pour l'instant..

La sortie du métro se situe juste en bordure de l'entrée du Zoo. La foule, bien sûr, mais moins qu'on aurait pu le craindre avec cet événement prévu du côté du *Panda land*. Heureusement, car l'heure est à la surveillance des deux petits. A cinq ans, ça galope. A peine entré dans l'enceinte du zoo, Arthur et Tikiflor se ruent vers l'aire reversée aux jeunes enfants; un grand espace clôturé avec plusieurs jardins parsemés de jeux. Ils se dirigent directement vers une étrange construction, une énorme maison biscornue à l'extrême, dont les murs sont faits d'énormes bambous. Avec une kyrielle d'enfants qui courent et sautent d'une pièce de la maison à une autre, on pourrait se demander si les animaux du Zoo aux alentours les intéressent. Bien moins, pour sûr, que cet endroit exotique qui flatte l'esprit d'aventure. Augustin profite de l'instant de répit - le voyage en métro avec les deux énergumènes a été sportif - pour se renseigner malgré tout sur cette histoire de Panda qui arrive au zoo. Li Cheng est ravie de lui préciser que *Meng Meng* va accueillir son futur compagnon, *Jiao Qing,* dans l'enceinte de cinq mille mètres carrés, aménagée avec une petite montagne et une zone d'escalade que l'on devine derrière l'aire de jeux. Le tout est financé par la municipalité de Berlin, très honorée d'héberger et accessoirement forcée de payer la location des animaux à la Chine. On voit au loin la clôture de l'enceinte réservée aux plantigrades chouchoutés. L'entrée est de style pagode et fournit la bonne dose orientale requise. Augustin propose de faire l'éclaireur et se dirige seul vers la pseudo pagode. Le toit légèrement recourbé, la couleur écarlate, tout y est pour rappeler l'origine des hôtes à poils noirs et blancs. Une inscription en allemand et en caractères chinois vante les qualité du quadrupède vedette. Des enfants se pressent devant les larges baies vitrées pour tenter de voir une Meng Meng alanguie parmi les bambous. La foule n'est pas dense. L'arrivée du mâle est retardée à la fin d'après midi. De nombreux visiteurs se sont lassés de l'attente. Ils ont péniblement *déscotché* leur progéniture des grandes baies pour ensuite se disperser dans le très grand parc zoologique. Quelques rares employés vont et viennent entre l'enceinte et une entrée de service située à proximité. Rien ne semble indiquer l'arrivée imminente de Jiao Qing. Augustin retourne sur ses pas.

"*Li Cheng, c'est peut être le moment d'aller voir les Pandas, enfin madame la Panda, car monsieur sera très en retard à ce que j'ai entendu ... et il y a peu de monde en ce moment*"

On rameute les enfants, non sans mal. Arthur proteste mais finit par se décider à y aller. Ce qui veut dire qu'il a déjà presque échappé à tout contrôle et s'est précipité en courant vers l'enceinte des Pandas. Tikiflor s'élance à ses trousses...

* * *

Hippolyte Téflon ouvre un grand sac en papier et en sort un à un les éléments de son accoutrement. Le passage de la sécurité n'a posé aucun problème. Une tenue de clown, ce n'est pas trop surprenant pour un grand père facétieux qui précise vouloir rejoindre ses petits enfants au Zoo et leur faire une surprise. L'espace des toilettes dans le quel il s'est installé est un peu étroit, il parvient pourtant à revêtir sans trop de difficultés le costume, *"emprunté"* à son fils, au demeurant assez ample. Il enfile le pantalon blanc qui met en valeur une sur-veste multicolore. Le maquillage est encore plus délicat dans ce lieu clos. Il va à l'essentiel, joues rouges sur font blanc, les yeux cernés de faux sourcils noirs. Après une rapide vérification dans un petit miroir de poche, la perruque colorée termine l'affaire. Il plie le sac qu'il glisse sous son costume et sort tout imprégné de son nouveau personnage. Sa démarche légèrement hésitante, sans canne, accroit la crédibilité du personnage. La famille qu'il croise en sortant des toilettes, ne semble pas plus surprise que cela de tomber sur un clown, imaginant qu'il est sans doute employé à l'animation dans le parc zoologique. Hippolyte sourit, sans un mot, en penchant la tête vers les enfants rencontrés et se dirige sans se presser vers l'enclos des Pandas. Le plan concocté avec les sbires du commando anti-spéciste est simple. Il doit profiter de la confusion et de la cohue provoquée par les deux autres membres du commando *"Intervention Anti Spécistes"*, pour tagger les baies vitrés de la demeure des vedettes à poils noir et blancs avec des slogans du genre,

Les zoos sont des prisons !
Cesser de torturer les animaux !
Rendez la liberté aux pandas !

Effet médiatique espéré sinon garanti, vu la couverture prévue pour l'arrivée au zoo du second panda au zoo de Berlin. Hippolyte doit juste donner le signal par téléphone pour qu'à l'autre bout du parc les cages d'oiseaux, soigneusement sélectionnées, soient ouvertes de force par ses complices. Un stagiaire sympathisant de *la cause* qui travaille au zoo a pré-positionné les bons outils pour cela à proximité de chaque enclos. Dés que la rumeur de l'effraction parviendra au faux clown, il pourra à son tour profiter du désordre et agir avec la peinture en petits tubes qu'il a dissimulés dans les vastes poches de son costume. Il lui suffira de s'éclipser aussitôt le taggage terminé, ranger son déguisement et quitter le zoo comme il est arrivé. Enfin tel est le plan officiel: quelques cages d'oiseaux forcées et du taggage de slogans. Sauf que … Hippolyte a autre chose en tête. La vengeance est pour lui un plat - sans viande - qui se mange froid. Il aimerait, en fait, bien mettre tout cela sur le dos de ces Ouïgours qu'il exècre encore plus depuis l'arrestation de sa petite Angelika à la boucherie de cette communauté barbare …

Alors qu'il s'approche de la baie vitrée, il apprend par un message diffusé sur les haut-parleurs que l'arrivée du panda Jiao Qing a encore été retardée. Elle est maintenant fixée à 18h, peu avant la fermeture. On conseille donc aux visiteurs de terminer leur visite … et de revenir une autre fois admirer le couple enfin réuni. Hippolyte pourrait s'en accommoder et en rester là mais il le sait, ses deux complices sont encore culpabilisés par leur piètre performance à la boucherie et sont au taquet, décidés à bien réussir cette fois-ci. De plus, il n'y a guère d'alternative, la préparation logistique compliquée du commando mérite d'être exploitée sans attendre et il décide juste de patienter un peu avant de passer malgré tout à l'action. Hippolyte s'écarte un peu de l'enclos des Pandas, en faisant des grimaces aux quelques rares enfants rencontrés, toujours ravis de croiser un clown.

* * *

Augustin n'a pas entendu le dernier message relatant l'arrivée tardive du Panda Jiao Qing, il est trop occupé à suivre ou plutôt à poursuivre Arthur et Tikiflor. A la différence de Li Cheng qui ne donne pas l'impression de s'en préoccuper et encore moins de s'en inquiéter. Elle connait les lieux et les habitudes des deux enfants. Ils ne sont pas restés longtemps dans la pagode et sont repartis s'amuser dans la grande maison de bambous …
 "Ils sont juste à côté, bien en sécurité, il ne faut pas stresser Monsieur Triboulet!"
 "Tu as raison, bon allez! Je pose la bête…" Admet le sexagénaire vaincu qui s'assoit sur un banc, pour souffler un peu.
 "Mais de grâce appelle moi Augustin …"
Effectivement, les deux garnements se pointent peu après. Une petite faim fait office de bon élastique pour faire revenir les enfants. Ils se jettent sur les gâteaux préparés par Li Cheng,
 "Et-aprés-on-va-revoir-le-panda, OK Lili ?"
 "Bon d'accord! Mais d'abord, qui veut manger une glace ?"
Augustin est impressionné par l'aisance efficace de la jeune femme, décidément bien intégrée dans la culture locale. Elle prend les mains d'Arthur et Tikiflor et les entraine vers un stand marchand de glace. Pendant que le trio s'éloigne, Augustin poursuit sa réflexion. Il n'est jamais très loin de l'autosatisfaction
 "Sur ce coup là, avec Li Cheng, contrat rempli!" Il doit admettre qu'en pratique, il n'y est pas pour grand chose. Surtout côté Dixlat … Quelque temps plus tard, une rumeur au loin interrompt la songerie d'Augustin, juste à temps, il commençait à divaguer au su-

jet du couple Li Cheng - Dixlat. La rumeur s'amplifie. Augustin, intrigué, se lève, il voit au loin des agents du parc courir. Il irait bien voir ce qui se passe, mais il se ravise,
   "Li Cheng, les enfants! Mais d'abord où sont ils ?" Une voix inquiète lui parvient derrière lui
   "Augustin! Ils ne sont pas avec vous ?"
Les deux adultes échangent ce regard bien connu de tout parent. Mi-paniqué, mi-chargé de reproche envers l'autre qui, question surveillance, n'a pas fait le job,. Ils scrutent angoissés les alentours,
   "Il faut aller voir chez les Pandas, ils doivent y être retournés, forcément! Allons y!"
Augustin ne partage pas la confiance de Li Cheng mais acquiesce et s'exécute sans mot dire.

* * *

Quelques instants auparavant, un véhicule banalisé s'est présenté à l'entrée de service située à côté de l'enclos des Pandas. Le chauffeur, un certain Helmut, est descendu pour l'ouvrir en râlant. Cette histoire de livraison *"banalisée et discrète"* ne lui plait pas. Il aurait préféré l'arrivée officielle entourée de motards de la police telle qu'initialement prévue, comme pour le premier Panda. C'était, il y a quelques temps déjà. Un protocole digne des invités d'honneurs de la ville avait été déroulé avec de nombreux journalistes, l'ambassadeur chinois en Allemagne et le maire de Berlin qui s'étaient rendus sur place pour l'occasion. Ce fût très impressionnant. Mais voilà que de nouvelles directives en ont décidé autrement pour *"livrer"* le Panda suivant. Profil bas, avait-on décrété. Une camionnette banalisée spécialement aménagée pour le transport de l'animal, sans accompagnement bruyant avec police et tout le cinéma, car trop facile à remarquer et à perturber.
   "Mais qu'est ce qu'on craint! Ce n'est qu'une espèce d'ourson non ? Des activistes anti-panda ? Et quoi encore ?... Bof! Inutile de chercher à comprendre..." Ce qui serait, de fait, un peu trop demander à Helmut, bon exécutant et peu enclin à discuter les ins-

tructions. *"Et voilà maintenant que le gardien préposé à l'entrée de service n'est pas à son poste!"* Comme tous les autres gardiens, il vient en effet d'être appelé vers la partie nord du parc qui contient les volières. Après avoir ouvert la barrière d'accès lui même, Helmut s'apprête à remonter dans son véhicule. Il n'y a déjà plus de visiteurs aux alentours pour l'entendre pester de plus belle. Le parc s'est vidé suite aux annonces de fermeture prochaine, répétées par les hauts parleurs.

Hippolyte est, quand à lui en pleine action, avec ses petits tubes de peinture. Il effectue son taggage en dodelinant sans se soucier du reste du monde. Le chauffeur a bien aperçu, au loin, un personnage occupé à peindre des slogans sur les baies vitrées de la pagode, mais cela reste illisible là d'où il se tient, *"Et puis cela ne me regarde pas!"* Il fait quelques pas dans la direction de la pagode et s'apprête néanmoins à l'appeler, lorsque Hippolyte s'arrête, contemple son oeuvre et se retourne. Il est maintenant face à Helmut. Celui-ci avait bien été intrigué par la tenue colorée de l'homme de très grande taille occupé à maculer les baies, mais là, aucun doute n'est permis ; la perruque, le maquillage qui fait ressortir le nez rouge et de très grands yeux cernés de bleu, tout y est. Aussitôt un spasme violent le saisit, il respire avec difficulté, terrifié …

On peut être chauffeur-livreur et être aussi atteint de coulrophobie, ou phobie des clowns. Et ce depuis tout petit, depuis toujours et sans espoir d'amélioration. Une simple photo peut le faire fondre en larme et le paralyser de trouille s'il ne peut pas s'extraire de la vue de ce que son mental ne tolère pas : la tête d'un clown. La suite est confuse. La fuite du malheureux chauffeur ne l'est pas moins. Il prend ses jambes à son cou et ce faisant, il bouscule une paire de paons qui surgissent de nulle part avec quelques autres oiseaux marcheurs, hérons cendrés, ibis rouges et ce qui semble être une autruche naine. Hippolyte regarde incrédule la scène et la dérobade de l'individu. Il quitte le désordre qui s'installe autour des volatiles libérés pour se diriger vers le véhicule abandonné par Helmut. Après tout, Hippolyte a terminé sa part et pourrait réaliser son ex-filtration comme prévu… Cependant la curiosité l'emporte. Une

grande bâche couvre l'estafette. Il la découvre partiellement. Il reste pantois à la vue de l'animal qu'il vient de découvrir. Il s'apprête néanmoins à reposer la bâche lorsqu'il entend crier derrière lui,
  "*Le Panda! Le mari de Meng Meng!*"
Deux très jeunes enfants ont surgi en courant d'on ne sait où et ont crié leur stupeur, à l'unisson avant de s'arrêter tout net à bonne distance. Hippolyte est encore déconcerté par sa propre découverte et le cri des enfants l'ont fait sursauter. Sans vraiment réfléchir, il regarde une dernière fois l'ours herbivore à peine dérangé puis replace et attache la bâche. Satisfait, il grimpe à l'intérieur du véhicule en ignorant les enfants qui sont resté muets, la bouche bée. Les clés sont sur le contact, il n'a pas conduit une camionnette depuis fort longtemps mais il n'hésite pas. Une brusque marche arrière et un demi-tour audacieux plus tard, il s'engouffre dans la sortie, laissant Arthur et Tikiflor toujours interdits...

* * *

Le véhicule vient juste de disparaître quand arrivent en courant Augustin et Li Cheng. Le soulagement de retrouver Arthur et Tikiflor est intense. Le niveau d'adrénaline baisse un peu dans le sang des accompagnateurs fautifs. Ils s'approchent d'eux. Chacun espère pouvoir maitriser le flot de reproches qu'il s'apprête à déverser sur les deux petits fugueurs. Ceux-ci n'ont pas bronché depuis le départ précipité du véhicule. Tout s'est déroulé si vite ! À l'arrivée des deux adultes, Arthur s'adresse naturellement à Li Cheng,
  "*Lili! Un monsieur, il est parti avec le panda!*"

* * *

Helena et Manfred sont arrivés les premiers au commissariat de police proche du zoo. Uli n'est toujours pas rentré de déplacement et Thelma, la maman de Tikiflor est en route pour les y rejoindre.

le dialogue des carnes élites

Il n'est pas aisé de faire converger les multiples témoignages d'une même scène. Tout enquêteur vous le dira. Alors, lorsqu'il s'agit d'enfants ... Les policières chargées de recueillir le témoignage des deux enfants sont très douces et appliquées, mais rien n'y fait. Le peu d'éléments nouveaux relatés par les enfants ne permet pas de comprendre ce qui s'est réellement passé devant la pagode des Pandas. Augustin et Li Cheng ont déjà eux même expliqué à l'inspecteur chargé de l'enquête ce qu'ils ont vu, plus exactement ce qu'ils n'ont pas vu en retrouvant les enfants après leur escapade. Ils sortent du bureau de l'inspecteur et croisent Thelma qui vient d'arriver au commissariat, affreusement inquiète. Li Cheng voudrait s'excuser, *"tout cela est de sa faute"*, *"elle aurait du mieux surveiller"* ... Augustin prend les devants et tente de rassurer la maman.

"Pas de souci, tout va bien. Il n'y a pas eu de violence. Ils ont vécu une petite aventure, voilà tout ... Je suis désolé d'avoir perturbé, par ma présence, la bonne surveillance de Li Cheng"

Thelma ne l'a pas vraiment écouté et a tout de suite rejoint le petit groupe sorti de l'*interrogatoire*. Tikiflor a été la plus bavarde et le reste, surtout lorsqu'elle aperçoit sa mère. Elle se lance de nouveau dans de longues explications, sans que cela ait un rapport direct, voire pas de rapport du tout, avec la scène de l'enlèvement du Panda, à laquelle ils ont *sans doute* - dixit les policières - été confrontés. Arthur, plus sobre reste campé sur les faits avec une certaine assurance.

"Un grand monsieur, il est monté dans un camion blanc et que dans le camion, il a vu le Panda, même que c'est sûrement le mari de Meng Meng et que bien sûr elle est très triste maintenant parce que le grand monsieur a pris son mari".

Arthur et Tikiflor n'ont pas mentionné l'accoutrement clownesque du Monsieur voleur en question. Sans doute parce que pour eux, *"C'est pas juste, les grands, eux, ils s'habillent toujours comme ils le veulent et ils en ont de la chance et que les enfants, eux, ils n'ont même pas le droit de mettre un habit de super Man, ni de cat Woman pour aller à l'école ni même au zoo..."*

La séance au commissariat est vite close par l'inspecteur compréhensif qui s'inquiète plus pour la santé mentale des parents que celle des jeunes enfants déjà en train de se chamailler pour une raison qu'eux seuls connaissent. La petite bande prend donc vite le chemin de l'appartement. Les parents sont soulagés et s'appliquent à amuser les enfants, avec un zeste de culpabilité à l'idée que leur progéniture ait pu être traumatisée par le spectacle d'un acte criminel. Seule Li Cheng reste silencieuse, elle n'a pas perdu les enfants, mais la face... Oui sûrement! Sa mine renfrognée détonne sur l'atmosphère presque joyeuse. Augustin, pas beaucoup plus fier, reste discret mais n'en pense pas moins. *"Presque oncle, certes oui, mais père ou même grand père? Ouf non ! Même pas en rêve!"* .
Ce soir, Li Cheng n'écrira pas sa missive quotidienne. Elle ne compte pas non plus attendre le signal de Dixlat pour se glisser hors de l'appartement et descendre le rejoindre. Elle est prête à tous les extases pour effacer le souvenir de cette pénible journée. Ça tombe bien, le jeune homme aimerait bien lui aussi se réconforter voire d'avantage. Ce rôle de clown, qu'on veut lui faire jouer, l'a bien amusé au début mais avec le show qui s'approche, le stress augmente. Il n'y aurait rien de tel que de gros câlins pour se remettre d'aplomb, entre *presque* compatriotes. Dixlat a sciemment laissé la lumière allumée dans la cuisine du restaurant. Belle anticipation. Li Cheng n'a pas besoin de tapoter sur la fenêtre de sa chambre qui donne sur la courée. La séance thérapeutique va pouvoir commencer, pour ne pas se terminer de si tôt.

***

Au debrief du soir, les policiers enquêteurs en sont toujours au même point: il y aurait bien eu une action concertée entre les deux individus appréhendés qui ont saboté des cages et fait s'échapper des dizaines de volatiles et un troisième individu taggueur qui aurait de plus semble-t'il agressé le chauffeur livreur du second panda, avant de s'évanouir en ville au volant de la camionnette blanche. Embarquant ainsi le Panda cadeau de la république populaire de Chine ! Le chauffeur livreur a expliqué sa version et n'a pas été d'un grand secours non plus question détails. Et pour cause. Faut-il expliquer qu'il n'est pas facile pour un adulte d'avouer une profonde phobie des clowns ? Helmut a préféré taire la chose et raconter l'histoire d'un grand type qui l'a menacé avant qu'il ne parvienne à s'enfuir et retrouver les gardiens du zoo. Pas question de décrire correctement l'agresseur ni surtout son accoutrement. Il a choisi au hasard un portrait robot dans la liasse d'activistes connus qu'on lui a montrée, sans pouvoir s'engager fermement,

"Vous comprenez monsieur l'inspecteur, je suis encore un peu traumatisé".

L'enquêteur principal un peu las, quitte la salle où l'on interroge les témoins et regarde ses collègues avec lassitude

"Bon, maintenant, qui veut bien appeler l'ambassade de Chine pour leur expliquer tout ce bazar ?[u]*"*

* * *

Hippolyte n'a pas hésité longtemps en conduisant la camionnette hors du zoo. L'occasion était trop belle, ce crime de lèse panda quelle oportunité! Il s'agissait uniquement de quitter les parages au plus vite. La circulation à Berlin, à cette heure de la journée peut être dense, par chance, il était parvenu à se dégager de la *Budapester strasse* bien avant que les véhicules de la police alertée n'atteignent le zoo. Sans hésiter, il s'était dirigé vers Kreuzberg, quartier en transformation qu'il savait moins filmé par des cameras de surveillance . Il y aurait bien un endroit où il pourrait garer et planquer dans cette zone toujours en travaux, la camionnette et son passager … Avant même de savoir quoi faire, plus exactement que faire de ce panda installé comme un pacha avec ses bambous à profusion dans

---

[u] *Les pandas sont seulement prêtés et représentent toujours un lien diplomatique. Le pays d'accueil est responsable de l'entretien de ces animaux sacrés. L'ambassadeur de Chine en Allemagne a expliqué que « les pandas sont considérés comme des trésors nationaux en Chine. Une Chine sans panda est tout simplement inimaginable. Dès lors, la reproduction et la conservation de ces animaux constituent une des premières priorités ».*

la camionnette. Après douze heures de voyages, l'animal a d'ailleurs une conscience très relative du kidnapping dont il a fait l'objet...
Le véhicule arrive devant l'*Umspannwerk,* habituellement désert à cette heure tardive. Enfin si l'on excepte les jours de spectacles ou autres manifestations qui rythment la vie militante des alternatifs berlinois. Heureusement pour Hippolyte, rien n'est prévu ce soir. Il pilote doucement son véhicule et sans hésiter franchit un ancien portail maintenu ouvert pour se diriger vers l'arrière du bâtiment. Une descente bétonnée donne accès à un immense parking entièrement vide. Hippolyte y gare la camionnette le long d'un mur, s'en extirpe avec difficulté et commence par se changer. Il lui faudra ramener le costume de clown au plus vite chez son fils. Il le sait encore pris dans une de ses nombreuses réunions, il pourra donc profiter de son absence et facilement replacer le sac, là où il a été prélevé. Avant de fermer le sac, il en sort un dernier tube de peinture encore plein. Il l'examine pensif, regarde la bâche et sans même jeter un oeil sur le passager qui grogne légèrement derrière, il se met à écrire à grandes lettres majuscules bien grasses rouges quelques slogans, avec un soin d'écolier. Une fois terminé, il s'écarte, fait quelques pas en arrière, sort son téléphone, cadre soigneusement et prend une série de photos avant de quitter les lieux, satisfait, même si un peu fatigué. On le serait à moins, mais Hippolyte, en dépit de son âge avancé est du genre robuste et tenace. Il se sent totalement investi dans sa mission. Le redoutable octogénaire a encore beaucoup à faire. Il quitte l'*Umspannwerk* et se dirige à pied vers l'appartement de son fils Hugo. A peine un quart d'heure de marche, juste de quoi se remettre dans le rôle du vieux monsieur inoffensif et très occupé, au cas où il croiserait quelqu'un. L'appartement n'est pas éclairé, Hugo n'est pas rentré. D'ailleurs il rentre rarement tôt chez lui. Hippolyte entre grâce aux clefs que lui a confié son fils et replace le sac du costume de clown dans l'armoire où ses deux sbires l'ont trouvé la veille. Il y a peu de chance que l'on fasse le lien entre son expédition et Hugo. Dans le cas contraire, il n'est pas du genre à se laisser ronger par les remords. Il lui était simplement plus facile et moins traçable d'emprunter le déguisement de clown que d'en acheter un, voilà tout ... Il

ressort de l'appartement sans rencontrer qui que ce soit, concentré sur la prochaine étape. Il se fait tard mais il parvient facilement à contacter un Uber qui l'emmène à un cyber-café situé du coté de check point Charlie. Lieu toujours encombré et donc bien anonyme. Un quart d'heure plus tard, très content de lui, sa tache accomplie, Hippolyte retrouve aisément un autre Uber qui le ramène dans Kreuzberg mais pas trop prés de chez lui. Il rejoint enfin avec soulagement son studio à pied. Ce soir il n'y a pas de place pour Angelika dans son lit, bien qu'elle soit revenue dans le quartier. Il n'a aucun doute sur sa libido, la sienne en tout cas, il a juste préféré la tenir éloignée, le temps de l'opération du jour au zoo. Au cas où elle aurait été surveillée par la police. Il n'a en revanche aucune idée du sort advenu à ses deux comparses du zoo. Mais cela lui importe assez peu. Même en cherchant bien, on ne découvrirait pas une once de culpabilité dans le cortex - ou ailleurs dans le cerveau - de l'octogénaire maintenant endormi.

* * *

Karl Matzerath[17] est inspecteur principal et aussi l'enquêteur mandaté de la police berlinoise sur *"l'affaire du panda"*. Il passe une soirée infernale. Dés que les autorités ont appris la disparition du Panda, une pluie d'appels lui est tombée dessus. Il faut dire que la perspective d'une crise diplomatique avec la République Populaire de Chine suscite forcément une escalade d'interventions.

"*Vraiment pas le moment! En plein voyage de la chancelière à Pékin! Les contrats en suspend ...*"

"*Vous allez me le retrouver ce foutu Panda!*"

"Mais bordel de merde ! Qui a décidé de faire faire le transport du nounours en véhicule banalisé ! Et sans escorte! Retrouver moi cet abruti!"

"*Comment ça! Vous n'avez pas de pistes ?*"

" ..."

Et puis, en soirée arrive au commissariat du zoo ce message, un mail plus exactement. Surprenant mais oh combien salvateur! Pas de texte, juste un long titre :

« *Le Panda, symbole de l'impérialisme communiste chinois est encore vivant pour quelques heures, dépêchez vous!* » Un fichier est attaché. Le geek de service de l'équipe du commissariat s'empare de la chose et avec précaution récupère le contenu. Une simple photo.

" *Patron, on l'a identifiée, elle est horodatée et avec le lieu pour retrouver le panda!*"

" *Qu'est ce que vous foutez encore là! On y va!* "

Karl Matzerath n'est pas - plus - un homme de terrain mais cette affaire, qui lui tombe dessus à une semaine de son départ en retraite, l'amuse. Cela ne devrait pas être le cas avec toute cette pression politique, les coups de fils incessants et le regard inquiet de son directeur qu'il croise en quittant le QG de la police Berlinoise, mais là non, le coup du kidnapping d'un panda, il trouve ça divertissant et puis, il n'y a pas eu mort d'homme, enfin pour l'instant! Grace à sa longue carrière d'enquêteur derrière lui, il a appris à profiter de l'instant. A force de côtoyer le sordide et le morbide, sans doute. Il arrive avec ses lieutenants à l'*Umspannwerk,* en même temps qu'un camion d'une équipe de déminage.

"*Vraiment nécessaire tout ce grand jeu ?*"

"*Mais patron! C'est la procédure, on ne sait pas ce qu'il y a la dedans*"

"*Tout ça pour un nounours*" pense Karl Matzerath. Il regarde amusé le ballet de ses collaborateurs en action et surtout les slogans peints sur la camionnette.

"*Z'ont pas fait dans la dentelle les kidnappeurs!*"

**STOP A L'OPPRESSION AU
XIN JIANG!
LIBEREZ LE PEUPLE OUIGOUR!
CHASSEZ L'OCCUPANT
CHINOIS!**

Un bruit étrange monte depuis la camionnette bâchée.

"Chef! On dirait le bruit que fait un chameau [v], j'ai entendu ça qu'en j'étais en vacances avec ma femme en Tunisie"

"Ça va mon vieux, gardez vos souvenirs familiaux pour vous et enlevez moi cette foutue bâche"

Deux agents se positionnent avec leurs armes pendant que l'enquêteur adjoint retire doucement la bâche,

"Grouin... ouin ... `"

"C'est pas un chameau chef"

Karl Matzerath ne relève pas la remarque éclairée de son collaborateur, cela vaut mieux pour lui. Il se dit que si l'on a certes pu récupérer rapidement le nounours, tout cela n'est pas forcément qu'une histoire de bouffeurs d'herbe radicalisés. Une demi-heure plus tard, deux spécialistes chinois des pandas, le chef du zoo berlinois et une armée de flics entourent et s'apprêtent à accompagner le futur mari de *Meng Meng* vers sa nouvelle demeure à Tier Garten. Une installation qui a coûté neuf millions d'euros, lui rappelle son lieutenant.

"Hum, Chef! Même avec vingt ans de pension versée d'un coup, vous resterez loin du compte, hein ?"

Karl Matzerath le regarde médusé. Il ne le dit pas mais le pense très fort,

"Il est vraiment trop con".

---

[v] *Occasion unique s'il en est, de rappeler une parole de Pierre Desproges : "Le chameau blatère alors que le dromadaire n'en a qu'une". On admettra qu'il était périlleux de tenter de mettre ce propos dans la bouche d'un flic berlinois. Fut il cultivé.*

le dialogue des carnes élites

* * *
*

Letttre de Zhao Tingyang à Li Cheng

à Berlin,
Année du Cochon de Terre, vingtième jour du mois de l'épis à moitié plein

Li Cheng

Il serait grand temps que tu écoutes mes conseils plus attentivement et surtout que tu les mettes en application. Je comprends que tu fréquentes maintenant un restaurant Ouïgour et surtout ses propriétaires. Les media occidentaux professent un tissus de mensonge au sujet de cette minorité soit disant asservie qui serait sous le contrôle intraitable de notre gouvernement central.

Je suppose que tes nouveaux amis anti-numériques t'ont expliqué que la généralisation de la reconnaissance faciale et de la surveillance numérique a permis d'emprisonner des centaines de milliers d'entre eux! Ce ne sont que foutaises et mensonges!

J'ose espérer que tu ne te laisses pas berner par cette avalanche de fadaises et que tu prendras du champ désormais. Nous en reparlerons lorsque nous nous rencontrerons prochainement.

Zhao Tingyang

"Avant, on regardait le ciel pour décider de prendre son parapluie maintenant on regarde son téléphone"

Michel Serres

chapitre 10   Show time

La petite tribu de l'appartement s'ébroue tôt, en ce samedi matin. Manfred est réveillé le premier et va aux nouvelles. Le sujet du jour sera forcément *"l'affaire du panda"*. Il doit pourtant vite l'admettre; aucun flash info, pas de communiqué de presse, rien sur internet :

"C'est pas l'omerta, mais ça y ressemble bigrement!", lance-t'il à Augustin lorsque celui-ci pénètre dans la cuisine en quête du café matinal et salvateur.

"C'est ainsi, on se croit toujours au coeur de l'action et puis non ! Et il faut vite déchanter", se moque le presqu'oncle[w].
En creusant un peu, ils finissent par trouver la mention d'actes de vandalisme au Zoo de Tiergarten la veille, juste avant la fermeture, ainsi que l'annonce du report de la présentation au public du second panda *"Pour cause d'un long et fatiguant voyage"*.

"Soit ils bluffent, soit il a effectivement été retrouvé"

"Perspicace, vraiment!" Lance Helena qui arrive à son tour avant d'ajouter,

"Allez! On laisse les nounours de côté, tout le monde en piste! Dois-je rappeler que nous avons un show cette après midi ? J'espère que Li Cheng n'aura pas trop épuisé notre nouveau contre pitre, je l'ai entendue rentrer il y a peine une heure ..."

* * *

---

w Allusion aux mésaventures passées de Manfred (voir *"Capilotades exquises"* et *"Ainsi parla Bacbuc"*)

Le clown connait bien le trac. Mais il ne peut pas en rire, cela le mettrait déjà en scène. Alors, juste avant de se produire, il psychote, il se bouffe les ongles ou bien il se sauve, le plus loin possible, c'est selon. Dixlat choisirait bien la dernière option, malheureusement pour lui, Helena l'attrape par le col au moment où les trois comparses quittent la petite salle qui fait office de loge et se frayent un passage dans les coulisses encombrées. Hugo est déjà dans son rôle de l'Auguste et fait semblant de ne rien voir. Il connait bien cette petite boule qui s'installe dans le ventre, juste avant de rencontrer ses spectateurs les plus féroces, les enfants. Il se demande si son histoire de clowns champions de la *"numérish detox"* fera mouche. Sa réputation est en jeu. C'est quand même plus simple avec une histoire classique de clown vertueux qui poursuit et punit un chapardeur maladroit ! Ce n'est plus le moment d'y penser. Le spectacle commence au bout du couloir. Les trois clowns se préparent à entrer dans la salle transformée avec succès en amphi semi circulaire autour d'une piste multicolore légèrement éclairée. Une malle à peine visible occupe le milieu de la piste. Le reste de l'immense pièce est maintenue dans l'obscurité. Les gradins sont pleins à craquer ; une majorité d'enfants de tous les âges entourés d'un panel varié de parents et de curieux, voire les deux en même temps. Le tout est hétéroclite, comme le quartier se permet de l'être, encore un peu. La gentrification galopante de Kreuzberg a laissé quelques ilots de classe populaire et le plus souvent immigrée. L'affluence ? Normal, c'est un show de fin d'année, pas cher, voire gratuit pour beaucoup. Ça aide, forcément. Il y a aussi cette invitation, intrigante, à ne pas hésiter à venir et surtout à rester *"connecté"*.

Le personnage du clown blanc - Helena - se présente dignement en premier. Elle est accompagnée d'un halo blanc qui la cueille à son arrivée sur la piste et s'élargit peu à peu. Elle est suivie du contre pitre hésitant, Dixlat alias Oskar pour le show, littéralement sur ses talons, l'air apeuré. Il n'a pas besoin de beaucoup se forcer pour le rôle. Le *"Ah! Ah! Chers amis bonjour!"* Clamé haut et fort par Helena entraine un bruyant *"Bonjour"* de la salle, suivi d'un

éclat de rire quand Dixlat se prend les pieds avec ses chaussures géantes et faillit s'affaler.
Pour de vrai ? Va savoir! On lui a bien expliqué et répété qu'un clown ne tombe jamais pour faire rire mais seulement parce qu'il incarne la maladresse. Dixlat se rappelle dans un éclair les rues encombrées du bazar de sa ville natale et les moqueries systématiques et sans pitié lorsque quelqu'un trébuchait, jeune, vieux, homme ou femme peu importe. Aucune pitié pour le maladroit.
" Alors, c'est ça faire le clown ?".
Il relève la tête et arbore un large sourire accentué par son maquillage. Hugo alias Auguste se prépare à entrer en scène à son tour. Ce premier rire crucial le rassure, un peu. Il respire un grand coup et se remémore encore une fois
"L'espace, le temps, la vie"... tout y est, c'est forcément ok".
La petite boule ne s'en va pas. Ce n'est pas uniquement le show qui le contrarie. Cela serait trop simple. Si au moins son père avait donné signe de vie et pour une fois voulu venir le voir. L'entrée de *"l'Auguste"* comble les enfants. Après celle d'Oskar, pataud aux grand souliers, voilà le clown par excellence qui s'avance l'air hilare, mais encore silencieux, vers le clown blanc. Son gros nez rouge, les savates géantes, le pantalon trop grand et un chapeau qui bouge sur une perruque jaune pétard concentrent les regards. Hugo alias Auguste sent peser sur lui l'attente des spectateurs.
"C'est le moment" se dit Augustin Triboulet. Il est arrivé parmi les premiers dans la grande salle. Sa place avait été précisément assignée par Hugo, au beau milieu de l'amphi. Il devait impérativement avoir une vue dégagée sur l'entrée des artistes. Augustin est très concentré. Juste avant l'entrée d'Auguste[a], sur la piste, il s'est mis à pianoter rapidement sur le smarthone dernier cri qu'on lui a prêté pour l'occasion. Il y exécute consciencieusement les manipulations apprises pour lancer des commandes pré-enregistrées. Les clics et les clacs prescrits, les push et quelques autres mouvement du

---

[a] *Auguste, Augustin ... Oui, il y a parfois des occurrences incongrues dans une histoire. Cela friserait presque le tautogramme, peut-être même le vire-langue.*

doigts balayant l'écran, libèrent une quantité de données sur toutes sortes d'applications de messagerie et sur les réseaux sociaux. Cela va du simple texto à des photos de clowns sur FaceBook, Instagram, Whatsapp, Snapchat, WeChat, Twitter, Wix, Twitch, Tik Tok ... Il a à peine le temps de lever la tête que déjà on entend toutes sortes de bruits de sonneries, de sifflements et d'alarmes en tout genre. Des bruits plus ou moins forts et longs émanent d'un peu partout dans la salle. Le clown blanc - Helena donc - a les bras levés à la manière d'un tribun qui va se lancer lorsque le tintamarre commence, elle s'apprête à parler mais reste immobile, la bouche bée devant le déferlement de bruits en tous genres qui ne s'interrompt pas et surtout devant le spectacle de toutes ces petites têtes qui basculent vers le bas pour scruter l'écran qui les interpelle avec insistance. La plus part des petites têtes ne se contente pas d'y jeter un coup d'oeil anxieux, elles se mettent à pianoter.

"*C'est vrai quoi, quand ça sonne faut répondre, non ?*" S'amuse Augustin en rangeant son outil fauteur de trouble. Il a fait le job, le catalyseur qui a libéré, sinon la parole, en tout cas le droit de se promener sur le web. Déjà très honoré qu'on l'ait sollicité pour ce (petit) rôle de provocateur de chaos, il n'est pas peu fier d'y être parvenu sans (trop) se mélanger les pinceaux. Il contemple la scène, ravi de voir les deux compères, Auguste et Oskar, tressaillir et entamer une suite désordonnée de pas, en avant, en arrière, en se rapprochant des sources sonores sur les bancs, passant d'un spectateur à un autre pour regarder avec lui l'objet que *"normalement"* on doit éteindre...

"*Mais enfin il faut faire quelque chose!*" Lance désespérée le clown blanc,

"*Oui! Oui! ...*" clament en coeur et à pleins poumons les deux pitres tout en tirant d'énormes bouchons de leur poche pour ensuite se les coller sur les oreilles,

"*Mais non ! Pas ça! Faut arrêter tout ce bazar!*"

"*Bein non! On va compter KICÉKIVA faire le plus de bruit ! C'est Auguste contre Oskar!*" Ce disant, Auguste se dirige d'un côté de l'amphithéâtre, pendant qu'Oskar court à l'opposé. Le clown

blanc prend un air contrarié, ce qui, pour ce rôle très codifié de la clownerie, signifie que l'unique sourcil dessiné sur son front - appelé *signature*, soyons précis - semble remonter encore un peu plus. La mouche sur le menton - également un must – doit, elle, rester imperturbable. Helena a beaucoup répété cette grimace. Elle en est très fière. Elle reprend,
   "Bon, d'accord , on va compter!"
Pendant que le clown blanc explique la suite des événements, deux grands tableaux sur roulette arrivent des coulisses, tirés chacun par une équipe de jeunes gens tous vêtus de blancs.
   "Chacun le sien, Oskar, Auguste, à vous de compter!"
Les spectateurs qui ne sont pas connectés - ils sont devenus rares - avaient tout d'abord mollement essayé de ramener leurs bruyants voisins à la raison, mais sans insister, d'autant que les deux sbires, chacun de leur côté, se mettent maintenant à encourager leur moitié d'amphi respective à faire le plus de bruit possible avec leurs engins. Chacun trace un grand trait sur son tableau lorsque retentit un message particulièrement ridicule ou bruyant. La scène dure quelques minutes ponctuées de pitreries des deux compères qui alignent les traits sur leurs tableaux respectifs. Le clown blanc semble se désespérer de la situation. Sa lassitude finit par l'emporter, il sort une trompette de la grande malle maintenant bien éclairée. Le cuivre renvoie des éclairs de lumière, reflets de puissants projecteurs qui s'allument progressivement pendant que l'éclairage de la salle s'estompe de nouveau. On ne voit bientôt plus que le clown blanc et sa trompette étincelante au centre d'un halo blanc dessiné sur le sol. Il regarde l'instrument avec tristesse puis regarde autour de lui. Les gradins sont plongés dans une obscurité perlée d'une multitude de petits écrans lumineux. Silence ? ... Non, pas vraiment. Augustin jurerait pourtant que la cacophonie baisse en intensité. Comme pour accompagner cette accalmie, le clown blanc se redresse, tend l'oreille, continue à mimer à grands gestes une petite gêne à chaque sonnerie plus importante qu'une autre mais semble se ragaillardir petit à petit. Les petites perles dans la salle s'éteignent, les une après les autres. Héléna, c'est plus elle que le clown blanc qui s'exprime

désormais, s'empare à pleine main de son instrument, le porte à sa bouche, le redresse, gonfle les joues et entame une mélodie. La sonorité est douce en dépit de la puissance de l'instrument. Dés les premières notes, Auguste et Oskar rappliquent à ses côtés, prennent un air stupéfait, se prennent dans les bras avec enthousiasme puis s'écartent tout aussi abruptement et plongent leurs mains dans la grande malle. Ils fouillent avec impatience et en sortent un accordéon pour Auguste et un tambour pour Oskar. Il doit rester une dizaine de perles allumées dans les gradins, guère plus. On n'entend plus aucune sonnerie lorsque le trio entreprend la même mélodie une nouvelle fois, un peu plus fort.

Augustin est sidéré et se régale de la métamorphose opérée par Helena suivie de ses deux pitres lorsqu'ils entament un tour de piste en jouant ensuite un morceau plus rythmé. La musique de cirque a ses vertus et les applaudissements qui s'en suivent ont définitivement anéanti les velléités cacophoniques des spectateurs pendant que les lumières de la salle se rallument progressivement. Oskar enchaine catastrophe sur catastrophe en essayant de suivre Auguste et Helena tout en maniant le tambour. Il bute sur des objets imaginaires, en renverse d'autres bien réels, se fait houspiller par un Auguste qui se fait un malin plaisir à le charrier. L'hilarité des enfants une fois déclenchée est communicative. *"Finalement ce Dixlat, il est dans le truc, fallait pas s'inquiéter"*, se dit Hugo, bon joueur.

C'est la fin de la première scène de l'acte un, axé sur les nuisances numériques, se remémore Augustin qui assiste maintenant avec bonheur à la suite du spectacle. Il est bien placé et surtout son heure de petite gloire est terminée. Mission accomplie. On lui a expliqué comment ignorer l'avalanche de réponses reçues suite à ses nombreux messages déclencheurs du capharnaüm. Et ce, d'une manière des plus simple qui lui a bien convenu: éteindre son téléphone. Au même moment, le clown blanc reprend les rênes et s'évertue à expliquer à Auguste et Oskar que pour aller d'un point A à un point B dans la salle, on peut y parvenir sans smatphone ni GPS ... Augustin ne rate rien de la scène mais scrute en même temps l'assemblée à la recherche de Manfred et des enfants - Arthur et Tikiflor. Ils devaient le rejoindre, une fois les petits réveillés, mais seule Thelma est arrivée. Peut être sont-ils assis ailleurs ? Un cri du clown Auguste le ramène sur la scène. Oskar s'est emparé d'un énorme portable en mousse synthétique et assène un grand coup sur le postérieur d'Auguste, occupé à étudier une carte dépliée sur les sol. Les rires fusent …

* * *

Manfred est en mode panique. Il ne lui en faut pas beaucoup depuis qu'il est devenu père mais là, il a de nouveau perdu de vue Arthur dans le métro. Juste le temps d'un rapide coup d'oeil sur son portable pour vérifier dieu sait quoi et l'oiseau n'est plus là. Serait-ce le syndrome du père inconscient qui s'autorise à taper quelques commentaires sur son réseau social favori au lieu de surveiller son enfant ? Que né-ni, procès injuste, il voulait juste vérifier l'heure d'arrivée prévue… Heureusement, le bambin est juste derrière lui… Mais une chose est sûre, ils seront franchement en retard pour le show, tant vanté par Helena. Ils vont arriver pour la fin du spectacle.
"Maman sera tout en blanc" c'est à peu prés tout ce qu'Arthur a retenu de l'affaire. Tikiflor est quand à elle simplement ravie de ce nouveau trajet en métro.
"Pas grave il y aura bien une séance privée" pense Manfred tout en pressant le pas en sortant du métro, enfin, autant que les enfants le lui permette. Le grand bâtiment de l'*Umspannwerk* apparait au loin.

* * *

"Après l'espace, il y a le temps". Le second acte clownesque sur *l'espace* s'achève avec le cortège de pitreries de rigueur. Se moquer est destructeur et Hugo le sait, il a grossi avec humour les traits de ses contemporains prisonniers de leur *"nouvelle"* vie numérique. Place *au temps* donc, ce temps qui n'est plus le même depuis que

l'on peut obtenir ce que l'on veut *tout de suite, YAKA CLIQUER!* Une information manquante ? Une réponse attendue ? Une réaction espérée ? Une envie, un achat ? Tout, désormais, absolument tout, doit se faire là, maintenant *tout de suite.* Le culte de l'instantanéité est né. Et gare au poète, au distrait, au déconnecté!

 Auguste-Hugo rentre en scène, concentré sur son *texte*, son message ... Faire le clown est une chose, écrire un scénario et le tester une première fois, avec de vrais spectateurs, en est une autre... Mais rien n'y fait, il se détache de ce foutu scénario au demeurant assez simple. Un objet, placé au centre de la piste, une espèce de cube multicolore, pas un Rubik cube mais presque, fait office de robot volubile genre *Alexa, Siri ou OK-Google.* Il devient vite source de quiproquos bien évidemment lorsque le trio s'adresse au cube, chacun à sa manière et avec des résultats déroutants. *Auguste-Hugo* scrute en douce la réaction des spectateurs. Il lui faut vérifier ! Après tout, on attend de lui qu'il fasse le clown, c'est la moindre des choses non ? Faire le clown ! Curieuse expression. Il regarde ses partenaires comme si c'était la première fois. A ses côtés, le sérieux, l'autoritaire au visage tout blanc, le clown blanc, en l'occurrence la *clown-blanche-Helena,* rassurante : ils savent se compléter, se faisant mutuellement des farces. Même si le grotesque Auguste met sans cesse des bâtons dans les roues du digne et moraliste clown blanc, cette dernière reste maîtresse du jeu. Cela laisse peu d'espace à *Oskar-Dixlat* le contre-pitre qui ne comprend jamais rien, gaffeur par excellence. Hugo savoure l'instant et se lance avec délectation dans son dernier sketch. Il va pouvoir continuer à faire le clown, c'est ce qui lui importe.

 Au même moment Augustin aperçoit Manfred et les deux enfants alors qu'ils pénètrent dans la salle. Manfred n'est pas très fier d'arriver à la fin du show et aimerait bien garder la chose discrète, mais c'est sans compter sur les moulinets que fait Augustin pour qu'il le voit et le rejoigne sur les sièges sauvegardés de haute lutte à ses cotés. Les retardataires n'ont pas trop le choix, ils montent sur les gradins et se faufilent entre les bancs au milieu des rires déclenchés par les pitreries en cascade sur scène. Il faut dire que le final est une succession de tableaux simplistes et drôles. Le clown blanc vient de faire sa sortie poursuivi par Auguste et c'est maintenant Dixlat alias Oskar qui se retrouvent au milieu de la piste. Il parle à un balai qu'il tient droit devant lui,

"*Alexa-balai! Fais moi des frites! Hey ! Siri-Balai! Fais moi des frites! OK-balai-google! Fais moi des frites! Mais regarde moi donc! C'est moi, Oskar!*"

Il se tortille, regarde fixement le balai en repoussant les cheveux de sa perruque. Puis voyant que rien n'y fait, il se retourne en se contorsionnant pour finir par se plier en deux. Son postérieur fait face au balai qu'il maintient acrobatiquement d'un main.

"*Auguste! Auguste! Regarde ! Même la reconnaissance fessiale ne marche pas avec ton balai connecté! Apporte moi des frites, j'ai faim!*"

Augustin soupire, il est un peu consterné par la baisse de niveau en cette fin de spectacle, quand Manfred, Arthur et Tikiflor arrivent à ses côtés. Ils terminent de s'assoir au moment même où le clown Auguste ressort en courant des coulisses. Les enfants sont à peine installés et lancent un premier regard sur la piste, ils se lèvent brusquement et crient,

"*Le monsieur du panda!*"

"*C'est le monsieur du panda !*"

Manfred et les autres adultes autour d'eux sursautent en entendant les deux enfants qui continuent,

"*C'est lui, c'est lui!*".

Le show n'est pas pour autant perturbé et se poursuit mais avec un changement de configuration immédiat du côté des parents des deux enfants. Thelma, la première, prend Tikiflor sur ses genoux. L'enfant parait satisfait d'avoir apporté son témoignage et regarde, captivée sans mot dire la suite du spectacle en contre bas. Manfred a de même pris Arthur avec lui. Le clown blanc règle ses comptes avec les deux pitres incorrigibles. Les spectateurs rient fort, Thelma se retourne l'air contrariée,

"*C'est presque fini, on profite des applaudissements pour s'extraire et on va voir Helena en coulisse ?*"

le dialogue des carnes élites

Il est des moments où le silence vaut approbation, même pour Augustin, fait rare. Seule Li Cheng reste un peu distante, évitant les regards. Ils se lèvent néanmoins tous en même temps dés la fin des applaudissements finaux pour suivre Augustin qui ouvre le chemin jusqu'aux coulisses, déjà passablement assaillies par le jeune public admirateur des clowns. Thelma reste un peu en arrière avec les enfants pendant que Manfred s'approche de sa compagne et l'extrait doucement de la petite foule,

"Helena, faut qu'on se cause, vite! Les enfants reconnaissent le clown Auguste comme étant l'homme au Panda du zoo!"

Li Cheng s'était bien préparée à féliciter *"son"* Dixlat mais est restée en arrière, désemparée par l'évolution de la situation. Elle le voit plaisanter avec Hugo, elle hésite, puis se retire brusquement sans même que son amant ne s'en rende compte dans le tohu-bohu ambiant. Augustin est témoin de tous ces courts instants, mais il ne bronche pas. Il doute fortement que les jeunes parents veuillent exposer leurs enfants à un nouvel interrogatoire, aussi soft fut-il. C'est sûr, ils ne contacteront pas la police et vont très vite quitter l'endroit. Il partage cette méfiance native vis à vis de la force publique, pourtant là, en l'occurence, il se demande s'il ne faudrait pas parler de nouveau à cet enquêteur rencontré la veille. Quitte à s'attirer les foudres de ses amis. Une double intuition l'anime ; cette histoire a peut être besoin d'être soldée définitivement, et puis, l'attitude compréhensive de l'inspecteur lui avait bien plu. Voyant les adultes embarquer leurs enfants afin de rentrer à l'appartement sans attendre, il s'éloigne et retrouve aisément la carte de visite que tout bon flic donne aux personnes interrogées *"Au cas où un souvenir vous reviendrait"*. Il sort son téléphone qu'il rallume. Passée la longue rafale de notifications et de messages en attente, il compose le numéro...

"Monsieur Karl Matzerath ? Pourrai-je vous rencontrer de nouveau, c'est au sujet du Panda, il m'est revenu quelques détails ..."

* * *

le dialogue des carnes élites

Hugo a été un peu surpris de voir s'éclipser ses deux partenaires du show, Helena et Dixlat, ainsi que leurs amis, aussi rapidement après la fin du spectacle, mais bon! ... Il a déjà de quoi être satisfait; d'abord le succès de *sa* semaine *detox* et puis maintenant ce show clownesque qu'il a écrit et qui, semble t'il, fût bien apprécié ? Le tout, pigmenté par la présence de quelques journalistes, le bilan n'est pas mauvais ... Tant pis si ses coéquipiers d'un soir le laissent célébrer la chose seul *"Un excès de modestie peut être ?"*...
Enfin lui, il ne sera pas seul ce soir, ni demain, il ira au *Matrix Club,* sa boite de nuit préférée. Ses dernières rencontres dans ce gigantesque espace l'ont comblé et il est bien décidé à garder le rythme ! Quant à son père ? Ce vieux fou égoïste qui n'a pas pris la peine de venir le voir... Un sentiment de frustration envahit Hugo. Il quitte l'*"Umspannwerk"* et lance à pleine voix,
 "Qu'il aille au diable, ou plus tôt aux diablesses!..."
Il n'y a plus personne pour l'entendre et Hugo ricane fier de son bon mot.

* * *
*

"La liberté, c'est toujours la liberté de celui qui pense autrement"

Rosa Luxembourg

Chapitre 11   就是他 ! ˣ

Augustin Triboulet a vite pris congé de ses amis au sortir du spectacle, sans explications crédibles. Il s'en moque car il a peu de temps devant lui.

"J'ai quelques courses à faire avant mon retour à Paris". Il promet juste de retrouver tout le monde au restaurant en soirée. Il y aura le repas de rupture du jeûne, bien sûr et surtout une petite fête pour honorer le désormais célèbre *"Contre pitre par interim, le dénomé Dixlat-Oskar".* La perspective d'un nouveau festin Ouïgour n'est pas pour déplaire à Augustin mais ne suffit pas à masquer une étrange sensation d'inachevé. Cette histoire de Panda kidnappé, si vite retrouvé et puis maintenant l'attitude en retrait de Li Cheng malgré l'affection bien affichée de Dixlat … Non vraiment, tout cela ne tourne pas rond et même si cela lui coûte un peu il ira voir ce fameux enquêteur principal!

Le rendez vous fixé par Karl Matzerath pour la fin de l'après-midi ne lui laisse guère le temps de visiter le quartier de l'ancien aéroport de *Tempelhof,* là où siège la préfecture de police depuis la réunification de la ville. Il opte pour le taxi. Arrivé au bâtiment central, il se fait indiquer le bureau de l'inspecteur principal.

ˣ *"C'est lui !"*. *Autorisons nous cette ultime dérogation à la règle de non traduction, et ceci sous le contrôle et l'indéfectible vigilance du fils ainé du narrateur*

...

"Vous avez raison cher monsieur Triboulet, résider à la 'Platz der Luftbrucke[y]*', peut donner des ailes!"*

"Je voulais surtout dire, cela permet de prendre de la hauteur" précise Augustin qui une fois de plus avait voulu faire le mariole en introduction de l'entretien.

"Et quel bon vent donc ?"

"Un fait précis, les deux enfants témoins du Zoo ont cru reconnaître la personne qui s'en serait prise au panda, lors d'un spectacle de clowns qui s'y déroulait cette après midi,"

"C'est exact"

"... ?"

"Un de mes agents était dans la salle, à l'Umspannwerk n'est ce pas ? Il vient de m'appeler. Vous savez cet endroit est, on va dire, un peu particulier. On a toujours intérêt à y avoir une paire d'oreilles qui y trainent. En l'occurence, de bon yeux aussi. Vous avez un talent indéniable en matière de communication sur réseaux sociaux, d'après ce qu'on m'a rapporté! Mon agent a de plus bien ri pendant le spectacle, ce qui n'est pas courant dans l'exercice de notre profession"

Augustin devrait être surpris voire inquiet devant cette avalanche de révélations. L'extrême assurance de son interlocuteur et le ton presque bienveillant le rassurent et il sait maintenant qu'il a drôlement bien fait de prendre les devants. Enfin si on peut dire ...

"Cet agent m'a également fait part de l'arrivée tardive des deux enfants à vos côtés et de leur émoi en voyant le clown, l'Auguste c'est bien cela ? Soyez rassuré et surtout rassurez les parents, reprend Karl Matzerath, puis avec un petit sourire - *enfin s'ils sont au courant de votre passage - Il ne sera pas nécessaire d'importuner les bambins de nouveau ..."*

"Voilà une bonne nouvelle" s'autorise Augustin de plus en plus sous le charme de l'inspecteur qui continue,

"GoPro, cela vous dit quelques chose ?

---

y *"Place du pont aérien"*

le dialogue des carnes élites

"Oui vaguement"

"Et bien la camionnette-incognito du Zoo en était munie et elle est restée en fonctionnement après que le conducteur se soit enfui. L'enregistrement a bien révélé la scène de l'arrivée devant le palais des Pandas ainsi que la crise de panique du chauffeur devant le clown. Etrange phobie vous ne trouvez pas, cette terreur à la vue d'un clown ?* Puis, sur un ton encore plus ironique, *Il a curieusement changé le portait robot de son soit disant agresseur après qu'on lui ait montré l'enregistrement ..."

Augustin se régale en écoutant le flot de détails apportés.

"Donc clown, il y a bien eu ?"

"Oui! Maintenant, il ne peut pas s'agir de votre Auguste, nous avons pu facilement vérifier son agenda et ses activités, très publiques au moment des faits. En revanche j'ai une photo à vous montrer, à tout hasard ..."

L'inspecteur se lève et se dirige vers un casier situé à l'autre extrémité de son vaste bureau avant de poursuivre.

"Elle n'est pas de très bonne qualité, les cameras de surveillances ici n'égalent pas celles de Londres, ni de Beijing. Savez vous qu'ils se battraient presque à savoir qui en aura le plus ? Au delà de 400 000 chaque à ce qu'il paraît! En revanche, il y aurait encore une certaine réticence historique à trop investir de nos jours dans le sécuritaire à Berlin".

Augustin est très au fait de la reconnaissance faciale grâce aux récentes explications de Manfred et a sans doute la secrète envie de le montrer, quitte à négliger la raison qui l'a amené dans le bureau du policier. Il se met à monologuer,

"*Notre physique est devenu une donnée exploitable grâce à la numérisation, une vraie marchandise. Je crains peut-être encore plus cela que l'usage sécuritaire, comme dans cette affaire de clown et de panda*"

Karl Matzerath est amusé par la digression inattendue et renchérit,

"*La vie privée, cher Monsieur Triboulet, n'est qu'une parenthèse dans l'histoire de l'humanité! Le temps des grandes villes où l'on est quasi anonyme paraît révolu, on en reviendrait à une pres-*

sion sociale similaire à celle qui s'exerçait sur les individus quand les habitants d'un village épiaient, derrière leur rideau, chaque fait et geste de leurs contemporains"

" *Certes ! Mais le risque serait que l'on reconstitue cette pression sociale, tout en ayant perdu au passage la solidarité et le sens de la communauté du village, justement! ..."*

Karl Matzerath est de nouveau agréablement surpris par l'argumentation de son interlocuteur, il acquiesce et finit, presqu'à regret, par sortir un dossier du casier. Il en extirpe un agrandissement en noir et blanc, un portait. Il le pose devant Augustin,

" *Voilà la tête du faux clown, avant qu'il ne se déguise"*

" *Mais je le connais! J'ai voyagé avec cet homme depuis Paris la semaine dernière!"*

L'inspecteur principal avait présenté machinalement la photo et ne s'attendait pas à faire mouche aussi facilement. A regretter de devoir bientôt partir en retraite. Retour instantané aux affaires, sans donc manifester le moindre étonnement,

"Et vous connaissez son nom ?"

"Pas la moindre idée et pourtant j'ai passé des heures à discuter avec lui, un drôle de lascar. Je peux vous affirmer qu'il n'aime pas le pâté en tout cas ..."

Le visage de Karl reste impassible, hésitant encore un peu à croire Augustin sur parole, bien qu'il commence à apprécier ce français un peu atypique. Il décide pourtant de mettre fin à la discussion.

"Vous avez ma carte, visiblement vous ne semblez pas hésitez à vous en servir. A bientôt, peut être, Monsieur Triboulet ?"

Sur ces mots, il se lève brusquement et se propose de raccompagner Augustin jusqu'à la sortie. Ce dernier est surpris de la fin soudaine de l'entretien et quitte les lieux perplexe, un état fréquent chez lui. Il doit reconnaitre que le policier parait très sûr de lui. Un taxi arrive fort à propos et va pouvoir le ramener à l'appartement à temps pour rejoindre la petite bande chez Dixlat.

Karl Matzerath est retourné dans son bureau. Il ouvre son agenda, vierge pour la semaine prochaine et pour les suivantes aussi d'ailleurs. Il sourit et se dit qu'au moins on ne l'emmerdera plus avec ce foutu panda. Son remplaçant a été personnellement chargé de la surveillance du plantigrade et de sa bonne installation au zoo.

* * *

"Monsieur Augustin! Monsieur Augustin!"
L'interpelé regarde en hauteur d'où cela semble venir. C'est Li Cheng qui le hèle, il n'y a aucun doute, non pas sur un mode panique, mais inquiet surement, à entendre le ton pressant. Cela vient d'une fenêtre ouverte de l'appartement. Augustin lui fait signe qu'il arrive et pénètre dans l'escalier qu'il gravit rapidement. Elle se tient dans l'encadrement de la porte.
"Que se passe-t'il Li Cheng ?"
"Rien, j'ai juste besoin de vous parler avant que vous n'entriez dans l'appartement. Allons dans la courée"
"Un samedi somme toute très intéressant et sportif" se dit Augustin en redescendant les marches avec Li Cheng. Ils empruntent la porte d'accès vers la courée et se retrouvent dans le petit espace encombré, face à face. Li Cheng est visiblement émue et se lance
"Je ne sais pas comment vous expliquer ce qui m'arrive"
"Hum , peut être en commençant par le début ?"
La réponse de la jeune femme est un flot lent mais ininterrompu de paroles, *"provenant sans doute de la montagne émotionnelle de Sisyphe qu'elle gravit depuis quelques mois"* se dit Augustin, très inspiré en l'écoutant. Il faut dire qu'il a tout le temps d'imager les propos de la jeune femme, tant celle-ci bute sur les mots, perturbée par des sentiments enfuis à grand-peine, jusque là. Les barrières sont tombées. Tout y passe et ce depuis le début, comme demandé par Augustin; son travail en Chine, la reconnaissance de ses patrons, les encouragements à bien comprendre le mode de pensée occidental, le succès professionnel et puis l'offre du séjour en Europe qu'on ne refuse pas - qu'on ne peut pas refuser - , les craintes de ses proches, le conseil de Teddy Iomiri[18] d'aller le voir à Paris (*"Ah celui là il va falloir que je l'appelle, il va m'entendre!"* sourit intérieurement Augustin) , son installation réussie à Berlin – à tout point de vue – et

le dialogue des carnes élites

puis toutes ces missives régulières, les questions précises sur ce qui se passe à Berlin et depuis peu les consignes de plus en plus invasives de son correspondant local, enfin et surtout, cette dernière lettre la convoquant urgemment ...

" ... Et maintenant il veut que je le rencontre demain! J'ai ... un peu ... peur, Monsieur Augustin"

"Peur de quoi ?"

"Je ne sais pas vraiment, mais la lettre qui me donne rendez vous n'est pas parvenue par la poste comme d'habitude. Elle a été déposée directement dans la boite aux lettres de l'appartement"

"Et le lieu de rencontre ?"

"Dans une des salles d'une boite de nuit, le Matrix club à 11h demain soir. Je n'ai pas le choix il faut que j'obéisse ..."

* * *

Augustin n'a pas trop de difficultés à convaincre Li Cheng de partager son fardeau avec les amis de l'appartement qu'ils rejoignent ensemble. Ces derniers venaient de se regrouper dans le salon avant de descendre au restaurant. Ils sont d'autant plus réceptifs qu'Augustin choisit de leur dévoiler en prémisse son passage à la préfecture de police l'après-midi même. La décision résultante de ne pas importuner d'avantage les enfants a vite calmé les esprits. En revanche, l'arrivée précoce d'Uli, de retour du *Chaos Computer Congress,* ajoute un peu de sel lorsque le jeune *hacktiviste* évoque, sur le ton moqueur qui le caractérise, le coté *collabo* de la démarche d'Augustin.

"*Aller chez les flics ? On aura tout vu ici!*"

Augustin accepte la flèche et revient sans sourciller sur le nouveau sujet du moment : il faut aider Li Cheng.

"*Je crois qu'il faut accompagner Li Cheng, mais vu le lieu je doute que je satisfasse tous les critères pour entrer dans un des night clubs les plus branchés de Berlin ...*"

"*C'est vrai, on peut douter qu'on te laisse passer... Mais moi je le peux et j'en suis!*" lance Manfred, fier et moqueur.

Uli ne le laisse pas poursuivre,

"*Ne le prend pas mal Manfred, tu n'es pas allemand et ce n'est pas toujours commode d'entrer dans ce genre de boite. Il y a une très longue queue et on n'y aime pas forcément les gens qui ne parlent pas correctement la langue du coin. Si Thelma est partante on accompagnera ensemble Li Cheng. On vous confie Tikiflor, mais sans faire le clown, c'est entendu?*"

Le ton ferme et la détermination affichée ne laissent guère d'espace à la contestation

"*OK, en revanche, inutile d'en parler chez Dixlat ce soir*"

Li Cheng est restée silencieuse tout le temps des échanges, le regard humide. Elle navigue un peu à vue et se raccrocherait à toute branche qui passerait. Augustin, vieille branche s'il en est, a le sens du momentum pour rompre le silence - enfin il le croit – et s'exclame,

"*Eh bien, c'est donc parti comme ça! Maintenant le collabo va vite se préparer car ce soir on va fêter les débuts du contre pitre Dixlat dans le show business!*"

Tout en s'éloignant il fait un signe discret à Uli pour qu'il le rejoigne. Une fois à l'écart il lui dit,

"*Une petite affaire à régler avant d'aller ripailler*"

" *?* "

"*On aurait besoin de tes talents pour un petit bricolage un peu geek demain matin au Matrix Club*"

Le "*On*" étonne Uli autant que la demande elle même, mais bon, comment dire, cet Augustin facétieux le fascine un peu et il se sent un peu coupable d'avoir été absent cette semaine … Alors, un peu d'action ma foi ...

* * *

Uli est de service, comme tous les week-ends depuis quelques temps. En ce dimanche matin, c'est sa tournée des grands ducs, la visite des toilettes des plus prestigieux night clubs de Berlin pour y collecter ses échantillons. Fort heureusement la soirée chez Dixlat ne

s'est pas prolongée tard, le réveil n'a pas été trop difficile. Il a commencé par le *Berghain* sans doute le plus connu avec ses évènements qui durent tout le week-end, voire plus, puis il est passé à l'ambiance *cuir* du *Kit Kat Club* et vient de finir le *Club der Visionäre* situé au bord de la *Spree*. L'heure est matinale, il fait frisquet, Uli regretterait presque d'avoir choisi de se déplacer en vélo. Il range sa sacoche et enfourche son bolide pour suivre le fleuve jusqu'au pont *OberBaum*. Il traverse le cours d'eau qui marqua la frontière est-ouest pendant plus de quarante ans et rejoint la *Warshauer Platz* et le métro du même nom. Le verre et le béton règnent en maitre dans ce quartier en mutation accélérée depuis la réunification. La discothèque "*Matrix club*" occupe l'espace de dix voûtes sous la gare de métro. Uli se présente avec sa grande sacoche à l'entrée principale. Il est connu. Un gardien à moitié endormi lui ouvre.
...
"*Et n'oubliez pas de bien fermer les portes des toilettes en partant sinon ça déclenche des alarmes ...*"
Uli effectue ses prélèvements dans les urinoirs rapidement. Question d'entrainement et de dégout.
"*Ça fouette encore plus que d'habitude! Mais qu'est-ce qu'ils se sont encore fourrés dans le système hier soir!*" Puis, philosophe et se rappelant le bon salaire, il range méticuleusement et sans hésitation les éprouvettes remplies d'échantillons d'urine récoltés. Il a juste le temps pour son autre mission. Il se dirige sans hésiter vers le niveau 2 du club ; celle de l'ambiance hip-hop, enfin de nuit surtout. La salle vide est impressionnante par sa taille. Uli grimpe sur le bar, sort de son sac une minuscule caméra et quelques outils, il grimpe sur un tabouret qu'il a posé sur le bar. Il fixe rapidement la caméra prés du plafond et effectue un test rapide avec son smartphone afin de la faire tourner. Il redescend de son perchoir, satisfait, avant de quitter la salle.

* * *

Le petit monde de l'appartement s'extirpe doucement mais sûrement de la quiétude nocturne. Il est tôt. Les enfants y sont pour beaucoup. Manfred prépare le petit déjeuner dominical avec zèle, mêlant les traditions. Il précise,

"Il y aura de la viennoiserie et du local". En gros des croissants et un assortiment de pains bruns avec fromage et charcuterie.

Augustin est déjà sorti, se contentant d'un café noir. Sa balade matinale l'emmène sur le bord de la rivière qui est bien plus animée que lors du passage d'Uli une paire d'heures plus tôt. Un groupe de jeunes gens bruyants le sort de sa contemplation béate, à temps pour qu'il identifie un magnifique exemplaire de membre de sa secte préférée, bermuda rouge éclatant et polo azur.

"Les affaires reprennent" se dit Augustin. Il dégaine son téléphone non pas pour photographier l'individu - cela ne se fait pas sans consentement, se rappelle-t'il - mais pour composer le numéro qu'il lit sur une carte de visite.

"Bonjour Monsieur Matzerath, j'espère ne pas trop vous importuner en ce dimanche matin ..."

"Bonjour Monsieur Triboulet. Il semblerait que vous ne pouvez plus vous passer de moi ?"

"Justement, voudriez vous sortir avec moi ce soir ? Le Matrix club, vous connaissez sans doute?"

Il en faut beaucoup pour étonner l'inspecteur principal et presque retraité! Plus de trente années de services dans Berlin-Ouest d'abord, puis dans la ville unifié en transformation permanente, laissent peu d'espaces vierges en matière de situations incongrues, sans parler de certains anciens de la Stasi, devenus ses collègues et qu'il a bien fallu adopter ... Enfin, vaut mieux laisser cela de côté! ... Mais là non! C'est une première!

"Je serai tenté de vous dire que je suis déjà marié et que malheureusement ..." Il éclate de rire avant de reprendre

"Vous avez le don pour rendre mon imminente cessation d'activé très enviable, j'imagine que notre affaire Chinoise n'est pas terminée n'est ce pas ?"

le dialogue des carnes élites

Augustin note au passage que le mot *chinois* s'est substitué à *Panda* dans le propos de son interlocuteur. Il n'hésite plus,

"*Ecoutez Karl Matzerath, vous permettez que j'abandonne le Monsieur ? J'irai droit au but. Je ne sais pas vraiment si cela a un rapport avec ce que nous avons évoqué hier dans votre bureau mais une jeune personne, Chinoise effectivement, me parait en difficulté et j'apprécierais beaucoup votre aide*"

"*Augustin Triboulet, soyons donc très proches mais pour un soir seulement!* - le tout ponctué d'un nouvel éclat de rire – *Et puis les films à la TV, le dimanche soir sont d'une bêtise à mourir ... Rendez vous à la station de métro de Warshauer Platz à 22h, mais tout d'abord, dites m'en un peu plus sur cette Chinoise*"

...

* * *

Le Matrix club se répand sous la gare du métro sur quatre niveaux, avec neuf bars et cinq pistes de danse, numérotés de 1 à 5, peu original mais commode pour se donner rendez vous. Le tout est très éclectique question musique, les genres s'y sont mélangés et les gens pareillement. Un terrain idéal pour faire de belles rencontres ... Pas étonnant qu'Hugo y traine souvent. La veille encore, après la clôture de sa *detox woche*, il avait pu s'y pavaner parmi ses amis et conquêtes du moment et il compte bien ne pas en rester là : "*Le dimanche soir peut être interessant, des choses se sont passées pendant le week-end, des couples se sont cassés et il y a matière à consoler*". Le mot *matière* qui lui a traversé l'esprit le choque un peu. Mais pas longtemps. En attendant, en cette fin d'après-midi bien calme, il décide de passer chez son père. Serait-ce simple curiosité ou le regret de s'être ratés ces derniers jours ? Il n'avait pas fait beaucoup d'effort pour passer le voir, bien moins que son père en tout cas. Lui qui n'est même pas venu le voir dans son show final!

Il surprend Hippolyte dans son studio en plein toilettage.

"*Ma parole, tu sors ce soir ?*"

"*Hugo, très perspicace, tu es ... Je ne reste jamais sur un échec. Ma copine Angelika m'a laissé tombé et je vais ce soir concrétiser une nouvelle rencontre. Alors oui! Je sors! Je vais au Matrix club!"*.

Hugo ne peut s'empêcher de sourire, décidément cette *vieille carne* de père le surprendra toujours. Il connait sa susceptibilité au sujet de l'âge et son penchant récent pour la culture vegan et se demande lequel de ces deux mots le mettrait le plus en pétard, *carne* ou *vieux* ? Pendant qu'il marmonne ces pensées, son père continue de s'activer. Il le regarde et une idée lui vient, saugrenue sans doute,

"L'élite des fêtards s'y retrouve souvent le dimanche soir, allez! Je t'y emmène, à moins que n'aies déjà prévu quelque chose avec tes amis ?"

"Mes amis ? Parlons en! Non! Mes trop jeunes camarades se sont fait portés pâles, ces espèces de peine-à-jouir m'ont planté, une fois de plus!"

Vraiment très en verve le paternel, pense Hugo.

"OK donc ! Je passe te prendre ce soir avant 23h. Après, c'est plus compliqué pour entrer"

* * *

Le temps d'attente pour entrer dans les clubs peut facilement atteindre une heure. Il y a toujours foule. Pas seulement un cliché de dire que Berlin est une ville chaude qui attire les jeunes d'un peu partout. On n'en est plus aux adeptes des *"acides houses"* d'après la chute du mur, la musique électro a définitivement contaminé la techno. L'*easy jet set* européenne, plus ou moins dopée aux drogues de synthèse envahit maintenant les clubs. Et puis, tout bon touriste, à Berlin, veut, plutôt DOIT, aller pratiquer le selfie en boite branchée histoire d'être crédible, même si la prise de photos y est risquée et peu appréciée. On peut donc comprendre qu'il puisse être parfois pénible d'y rentrer. Il est même fréquent d'être recalé. Alors, on y va bien après minuit, ou très tôt en tout début de soirée, histoire de se trouver un emplacement stratégique; le bar, une bonne vue sur une piste et avec de la chance, de quoi se poser. Quitte à épuiser ses ressources avant que la nuit commence vraiment …

En premier lieu, il y a la plongée obligatoire dans la musique techno. Enfin sa multiple descendance, diffusée à fond, puissante et qui prend aux tripes lorsqu'on pénètre dans le premier hall du Matrix. Une espèce d'hommage aux temps glorieux des années quatre-vingt où la musique techno de Berlin rencontrait celle de Detroit. Chacune émergeant de ses ruines, l'une de la guerre et l'autre de la fin de l'industrie automobile. Temps *"très acides"* des maison-boites de nuit itinérantes et souvent interdites qui migraient dans la partie Est depuis la chute du mur. Trente ans plus tard, la récupération commerciale était accomplie, mais des traces d'origine subsistaient rythmant l'ambiance à grand coup de basse.

* * *

Il est 22h Augustin Triboulet et Karl Matzerath arrivent au Matrix club. La rythmique techno s'échappe de l'entrée.

Tchac Boum Tchac Boum Tchac Boum Tchac Boum Tchac Boum …

"J'en étais resté au groupe Kraftwerk des années soixante dix, c'était précurseur mais moins musclé!"

"Augustin, je n'ai pas le temps de vous faire un résumé exhaustif, mais l'histoire musicale de Berlin, ces dernières décennies, reflète celle de la ville. Parole de flic! On en est maintenant à la phase business. La municipalité a même financé des travaux d'insonorisation pour permettre à ces lieux de rester en ville. Le chiffre d'affaires annuel généré, tout compris, est de 1,5 milliard d'euro. On comprend que la ville cultive l'indulgence … La jet set européenne se donne rendez-vous dans des lieux comme celui ci. Quand au travail des flics, ce n'est plus le shooté à l'acide que l'on traque, mais le financier véreux qui vient y faire des affaires douteuses"

"Impressionnant"

"Bon, on va quitter cette scène et aller directement se poser dans la troisième salle, cela sera un peu plus musical, genre latino parait il"

Tchac Boum Tchac Boum Tchac Boum Tchac Boum Tchac Boum ...

Augustin remarque le paradoxe d'une ambiance décontractée en dépit du côté très concentré de la multitude qui danse autour d'eux. Il suit son guide et traverse le hall gigantesque où tout un chacun se débat avec application et comme il l'entend avec son corps. Il y a effectivement de tout dans la cohorte de jeunes qui se trémoussent. Et dans des états variés d'ébriété, sans excès manifestes, la soirée commence à peine . C'est encore l'effet de l'alcool qui domine. Toujours à sa quête, il ne remarque pas de combinés *pantalon-rouge-chemise-bleue*, dommage. Au loin, un disk jockey s'active théâtralement sur une plate-forme. Karl, tout en frayant un passage dans une foule encore peu dense, continue à lui expliquer les lieux mais le bruit lui fait rater la plus part de ses propos. Heureusement les deux hommes quittent maintenant la salle #1 car Augustin ne voudrait pas trop en rater.

Tchac Boum Tchac Boum Tchac Boum Tchac Boum Tchac Boum ...
Tchac Boum Tchac Boum Tchac Boum Tchac Boum Tchac Boum
Tchac Boum Tchac Boum Tchac Boum Tchac Boum Tchac Boum

* * *

22h30 : Hippolyte et Hugo Teflon se présentent á l'entrée du Matrix club, devant deux portiers rigolards.

Tchac Boum Tchac Boum Tchac Boum Tchac Boum Tchac Boum ...

Celui qui filtre l'entrée s'adresse à son collègue
> *"Dis donc c'est le troisième âge qui sort ce soir!"*
> *"Faites pas les malins, c'est mon père!"*

Hugo est connu et n'a pas eu beaucoup de mal à franchir les premiers filtres ; quelques tapes sur l'épaule plus tard Hugo et Hippolyte traversent eux aussi le hall d'entrée. Hippolyte exige de se poser sans attendre en salle hip-hop, la seconde du lieu, au grand amusement d'Hugo qui a du mal à imaginer son père en action.
> *"Allons y! Allons y! Mais doucement quand même..."*

Tchac Boum Tchac Boum Tchac Boum Tchac Boum Tchac Boum ...

Tchac Boum Tchac Boum Tchac Boum Tchac Boum Tchac Boum
Tchac Boum Tchac Boum Tchac Boum Tchac Boum Tchac Boum
_{Tchac Boum Tchac Boum Tchac Boum Tchac Boum Tchac Boum}

La salle hip hop n'est pas bondée. Il est encore tôt. Hippolyte et Hugo trouvent facilement un coin dégagé, non loin du bar. Les banquettes sont fatiguées mais confortables. Hippolyte s'affale sans hésitation dans le premier espace disponible, esquissant un vague salut à ses nouvelles voisines qui ne l'ont pas vraiment remarqué. Hugo est encore partagé entre l'envie de le planter là, en le laissant à ses lubies et l'espoir de parvenir à un moment de complicité avec son géniteur. On ne sait jamais! Il se remémore en accéléré ces moments – trop rares - de son adolescence où, entre deux voyages, ils pouvaient se retrouver à deux, rien qu'à deux. Les *"batailles de citations"* qu'ils pratiquaient l'avaient marqué. Elles se terminaient souvent en fou rire. Il observe son père, son air hautin et se risque malgré tout à tenter de revivre un de ces moments,
> *"Te souviens tu, on se lançait des phrases de ton auteur fétiche, Georges Bernanos, c'est bien lui ?"*
> *"Mouais ..."*
> *"Cette semaine j'ai bossé sur une de celle que tu aimais ;*

le dialogue des carnes élites

'Un monde gagné pour la technique est perdu pour la liberté[a]*'"*
Hugo comprend immédiatement qu'il a fait mouche et heurté la susceptibilité de son père, sans l'avoir vraiment cherché ...

"Alors toi aussi tu t'y mets ? Cela ne te suffit pas de me considérer comme une vielle carne - je t'ai entendu! - il faut que tu critiques le progrès! C'est le progrès qui me fait vivre vieux et en pleine forme!"

Hugo ne se rappelle pourtant pas avoir émis ces mots là à voix haute. Mais c'est fait et de plus il est parvenu à faire sortir *le vieux* de ses gonds. Il hésite maintenant entre deux autres citations qu'il avait mémorisées *"Mieux vaut un mauvais caractère que pas de caractère du tout."* ou *"A partir d'un certain âge, la gloire s'appelle la revanche*[b] ». Il opterait bien pour la seconde mais il se décide à faire face et essaie la franchise, un pari risqué avec son père, il le sait.

"...Mais contre qui tu te bats exactement, dis moi ?"
Hippolyte se tourne vers son fils et le toise durement,

"Hugo, ton petit monde occidental est en phase terminale. La relève est à l'est, en Chine! L'élite du monde y vivra désormais! Mes très vieux amis là-bas l'ont bien compris! Et que l'on ne me parle pas d'une dictature parfaite établie grâce à la haute technologie! Toi et tes histoires de désintoxication numérique! Pourquoi pas en rajouter comme les journaux corrompus et comparer le président Chinois à un Grand Timonier 2.0 pendant que tu y es!"

Maintenant vraiment exalté, il se redresse brutalement, réussissant à réveiller ses voisines qui décident prudemment d'aller danser ailleurs. Il poursuit sa diatribe devant son fils interloqué, toujours en colère.

"Et puisque tu veux de la citation, rappelle toi de celle là : 'Etre informé de tout et condamné ainsi à ne rien comprendre, tel est le sort des imbéciles[c] *"*

---

a *"La France contre les robots"*, 1947

b *"Le Chemin de la croix-des-âmes"*

c *"La France contre les robots"*

Hugo est surpris par la véhémence du ton, plus que par le propos. Après tout, il avait juste essayé de renouer le contact avec son père en rejouant ces citations, comme il y avait si longtemps ! ... Mais cette fois, le regard glaçant d'Hippolyte ne laisse aucun espoir de retrouvaille. Il se lève, quitte son siège, fait quelques pas et se retourne vers son père,

"Continue donc tes dialogues de vieille carne élite, mais tout seul! Et dis à tes copains animalistes - tes peine-à-jouir comme tu les appelles - qu'ils se font pénétrer par des radicaux fouteurs de merde! Je ne les tolérerai plus dans le marché végétarien de l'entrepôt!"

En s'éloignant, il repense à ce qu'il vient de dire *" ces peine-à-jouir qui se font pénétrer"* Hum ... Il est temps de se changer les idées et VITE! Il se dirige vers la troisième salle, celle du latino, de la samba, de l'afro and co ...

Karl et Augustin n'y remarquent pas l'arrivée d'Hugo qui se mêle tout de suite à la petite foule dansante, retrouvant quelques connaissances. Ils sont confortablement attablés au bar de cette salle à la décoration surannée, très occupés à vérifier le bon fonctionnement du dispositif mis en place par Uli quelques heures plus tôt dans la salle 2. Tout en manipulant son smartphone, Karl s'adresse à son voisin,

"Voyez vous, il y a à peine six mois je vous aurais envoyé baladé monsieur Triboulet"

"De grâce, appelez moi Augustin!"

"Si vous y tenez, en tout cas, cet équipement m'a l'air de bien fonctionner, on peut bien contrôler le mouvement de la caméra depuis le mobile"

"Avouez que cette histoire de rendez-vous entre honorables correspondants chinois a du piquant, non ?"

"Faut être en toute fin de carrière pour prendre des libertés comme je le fais ce soir mon cher, mais je dois dire que je m'amuserais beaucoup!"

Tout en prononçant ces mots, il se tourne vers le second barman et lui fait un signe discret. Augustin n'a pas remarqué la connivence

évidente entre les deux hommes. Il met son doigts sur le petit écouteur placé dans son oreille droite que lui a confié Uli.
"*Chut! C'est la voix de Li Cheng, ils arrivent*"

* * *

Hippolyte Teflon regarde sa montre. Il est ravi de se retrouver enfin seul. L'heure du rendez-vous qu'il a fixé à cette jeune créature rencontrée approche. Rendez-vous ou ultimatum, il ne sait plus bien et se remémore encore moins le contenu de la lettre la convoquant ... Il a du asticoter son petit Hugo au passage pour s'en débarrasser, mais *"cela lui durcira le cuir!"*. Il a regardé s'éloigner sa progéniture sans le moindre regret. Il est agacé par ce petit morveux : *"Il se permet de le raisonner, lui son père, le compagnon de route de l'élite qui a redressé l'empire du milieu! Ce fils ingrat qui se permet de critiquer le monde moderne, simplement parce qu'il échappe au contrôle des bien pensants occidentaux!"*
Tout en se calmant, il revoit le film de ces derniers jours et doit reconnaitre que son opération *"discréditer les Ouïgours"* n'a pas été des plus brillante. La presse n'a pas parlé de l'enlèvement du panda et encore moins de terroristes islamistes comme il l'avait espéré : *"Ah ça non, il n'a pas été aidé par ces petits bouffeurs de légumes sans cervelle!"*. Il regarde sa montre une nouvelle fois.

* * *

Tchac Boum Tchac Boum Tchac Boum Tchac Boum
Tchac Boum ...
Tchac Boum Tchac Boum Tchac Boum Tchac Boum Tchac Boum
<small>*Tchac Boum Tchac Boum Tchac Boum Tchac Boum Tchac Boum*</small>

Thelma et Uli, suivis de Li Cheng, ont rapidement traversé le premier grand hall et rejoignent la deuxième salle, le temple du hip hop dans toute sa splendeur. Le jeune couple parait très à l'aise et traverse la foule en se laissant porté par le rythme implacable

le dialogue des carnes élites

"C'est sportif, non ?"
Li Cheng ne répond pas, trop occupée à éviter les danseurs en action. L'heure du rendez vous approche et elle n'a reçu aucune information plus précise que cette salle #2 du Matrix club en plus de l'heure. Elle sent Thelma à ses coté qui lui prend le bras.
"Ne t'inquiète pas, on est là et n'oublie pas le micro au niveau de ton col. Nous ne sommes pas seul. Toujours aucune idée du look de ton honorable correspondant ?"
"Non ... Et je ne vois pas de Chinois non plus!"
"Uli, viens donc! On va tourner un peu ..."
Augustin sourit en entendant cette dernière phrase dans l'oreillette, en même temps qu'il voit sur son smartphone l'image transmise par la camera mobile placée au-dessus du bar. Elle a detectée la presence et suit le trio depuis leur entrée grâce au traceur porté par Li Cheng. Uli a fait du bon travail. Augustin regarde Karl qui est comme lui équipé d'une oreillette discrète et prend un air complice, genre *mission impossible*. Le policier reste lui concentré et vient d'envoyer un ultime message à ses coéquipiers. Le faux Tom Cruise n'a pas le temps de divaguer d'avantage. Le dialogue qu'il entend grâce à son oreillette surpasse le brouhaha, c'est bien la voix de Li Cheng :
"Uli! Thelma! Regardez! Je reconnais cette personne assise là-bas devant, je l'ai vue au marché végétarien, chez Hugo!"
Li Cheng s'est immobilisée, ses deux amis n'ont pas le temps de lui répondre, une voix forte se fait entendre,
" Te voilà enfin Li Cheng!"
L'image sur l'écran d'Augustin reste statique, le trio s'est arrêté. Augustin tente de dézoomer pour élargir le champ. Pendant qu'il opère aidé par Karl, le retour-son reprend avec la même voix forte. Ce n'est ni Uli, ni Thelma, se dit Augustin soudainement glacé, il croit même la reconnaître, cette voix geignarde et monocorde :
"Te voilà et sans ton Ouïgour de compagnie pour une fois! Il ne te suffit pas d'émettre des doutes sur le bien fondé de l'ordre nouveau, il a fallu que tu fréquentes cette engeance islamiste!"
Li Cheng reste muette, mais son cerveau mouline à grande vitesse.

le dialogue des carnes élites

"*Pas possible! Non, ce n'est pas possible!*"
Elle recule saisie d'effroi et s'exclame,
"就是他 ^d! C'est Zhao Tingyang!"
Cette fois, c'est bien la voix - le cri ! - de Li Cheng qui a retenti dans l' oreille d'Augustin. Il recentre et zoom la caméra sur l'interlocuteur agressif pour se lâcher à son tour …
"*C'est lui! C'est mon S.R.B^e du train!*"
Karl Matzerath n'est pas en reste et lance à son tour, sur le même ton qu'Augustin un magistral,
"*C'est lui! C'est le voleur de Panda!*" suivi - juste pour lui même – d'un,
"*Ça, je ne l'avais pas encore vécu*".
Toujours très appliqué, il envoie en même temps le signal qui lance une intervention fulgurante. L'assistant faux barman qui s'était déjà déplacé discrètement dans la salle 2 à proximité de Li Cheng saisit Hippolyte par un bras sous les yeux incrédules d'Uli, Thelma et Li Cheng. Un videur est également apparu comme par magie dans le champ de la caméra. Augustin reste paralysé devant ce qu'il qualifierait presque de sketch improbable. Karl le secoue un peu et lui fait signe de le suivre. L'exfiltration - même pas vraiment musclée - de son accusateur sidère Li Cheng, plus que quiconque. Uli, pour la forme, s'etait interposé juste devant elle pour éviter une éventuelle manifestation d'agressivité à son égard mais *Hippolyte Teflon alias Zhao Tingyang* - à moins que cela ne soit l'inverse - est déjà bien encadré. Les danseurs laissent passer le vieil homme fermement escorté qui quitte la salle #2, dite Hip Hop, pour retrouver la bonne vieille musique techno…

Tchac Boum Tchac Boum Tchac Boum Tchac Boum Tchac Boum Tchac Boum Tchac Boum Tchac Boum Tchac Boum
Tchac Boum Tchac Boum Tchac Boum Tchac Boum Tchac Boum Tchac Boum Tchac Boum Tchac
Tchac Boum Tchac Boum Tchac Boum Tchac Boum Tchac Boum
Tchac Boum Tchac Boum Tchac Boum Tchac Boum

---

d "*C'est lui !*" . Ça n'a pas changé depuis la page 122

e *Specimen Rouge Bleu* , faut il le rappeler …

le dialogue des carnes élites

Pendant la traversée de la première salle mythique du Matrix club Hippolyte reste silencieux, son air abattu corrobore parfaitement le
"*Secours médical! Laisser passer!*", crié par son escorte obligée. Il est ébranlé par la soudaineté de l'intervention, on le serait à moins, mais surtout, il est en colère! Il ne supporte pas son âge qui l'empêche de jouer des muscles,*"Ah comme il aurait su se débattre il n'y a pas si longtemps encore"*. Mais Hippolyte ne vacille pas, ses convictions non plus. Ce qui le débecte le plus ? Voir une certaine jeunesse remettre en cause un progrès technologique *"qui profite tant au maintien de l'ordre et de l'harmonie!"*.
Et puis il n'avait pas fini de dire ses quatre vérités à cette petite Chinoise qui transgresse les frontières ethniques en fréquentant un Ouïgour!
Il réalise encore moins ce flagrant déni de sa propre histoire en Afrique, il y a prés de quarante ans. Une pensée furtive le ramène pourtant sur son fils. Forcément, c'est lui qui l'a dénoncé! Jolie manière de nier (encore une fois) son piètre rôle de père. Alors qu'il est entraîné vers la porte de sortie, une autre citation de Bernanos lui revient en tête. Il la crie presque,
"*Qu'importe ma vie! Je veux seulement qu'elle reste jusqu'au bout fidèle à l'enfant que je fus* [f]". C'est lui la victime! Il s'est fait piéger et il lui faut un coupable. Il continue, suffisamment haut et fort pour faire se retourner les danseurs autour de lui,
"*Tout cela à cause de ce clown de fils qui m'a pourri mon existence! Sauf que moi je n'en suis pas un, comme ce crétin de métis!*"
"*Pourtant sur cette photo, c'est bien vous le clown, non ?*"
C'est Karl Matzerath qui vient de rejoindre fort à propos le petit groupe de danseurs autour d'Hippolyte, qui se sont prudemment écartés sans mot dire pour le laisser passer. Il y a des gens comme ça, qui inspirent l'autorité. Hippolyte baisse la tête comme un enfant pris la main dans le sac. Sans attendre, ses accompagnateurs lui font franchir la porte de sortie.

---
f *"Les Grands Cimetières sous la lune"*

le dialogue des carnes élites

Tchac Boum Tchac Boum Tchac Boum Tchac Boum
Tchac Boum ...
Tchac Boum Tchac Boum Tchac Boum Tchac Boum Tchac Boum
Tchac Boum Tchac Boum Tchac Boum Tchac Boum Tchac Boum
Tchac Boum Tchac Boum Tchac Boum Tchac Boum Tchac Boum Tchac Boum Tchac Boum Tchac Boum

* * *

Augustin a vite retrouvé Li Cheng, toujours entourée d'Uli et de Thelma. Ils quittent ensemble le Matrix club, juste à temps pour voir Karl Matzerath s'engouffrer dans un véhicule de police. Les apercevant, il leur lance de loin un signal amical. Uli doit se forcer un peu pour répondre, comme les autres, mais il y parvient. Augustin devine sans doute l'état d'esprit du *geek-un-peu-pirate*

"*Pas de regret Uli, l'individu devenait dangereux pour Li Cheng ...*"

"*Autant que pour lui même, je peux vous l'assurer*". C'est Li Cheng, une jeune femme transformée qui vient de soupirer. L'angoisse de la rencontre a fait place à une profonde lassitude. Augustin, expert en prémonition, comprend qu'elle a une bonne idée du devenir de *Zhao Tingyang* alias *Hippolyte Teflon* ...

* * *

La salle 3 du Matrix club est maintenant bondée, Hugo Teflon n'a rien vu de l'intervention dans la salle 2 et continue à oublier. Quoi ? Il ne sait plus trop. Mais cela fonctionne bien. Il a retrouvé son insouciance et danse avec une nouvelle copine, une certaine Lilly qui chaloupe avec lui sur un air de *Pink Martini* du même nom. Opportun.

* * *

le dialogue des carnes élites

Manfred installe sur ses genoux un Arthur très agité qui s'est réveillé en pleine nuit. Il s'apprête à questionner ses amis colocataires qui viennent de rentrer du Matrix et le rejoignent dans la cuisine de l'appartement. Il n'en a pas le loisir, Uli lance, l'air un peu chagrin,
"*Opération terminée! Li Cheng va pouvoir dormir sur ses deux oreilles!*"
Le regard interrogateur fixé sur Uli, Manfred reprend,
"*C'était le but ce soir au Matrix club non ?*"
"*Certes, mais toute cette affaire me laisse un goût amer dans la bouche. Vois tu, ton presqu'oncle a une relation particulière avec la police ... qui m'a un peu utilisé, fût-ce pour une noble cause*"
Thelma intervient,
"*Tu étais consentant, non ?*"
"*Re-certes, mais je n'ai pas l'habitude de contribuer à faire arrêter quelqu'un, même si c'est un sociopathe. En tout cas, oui semble-t'il, Li Cheng ne craint plus rien de son mystérieux correspondant tourmenteur!*"
Arthur gigote un peu plus et lâche une feuille qu'il tenait serré contre lui lorsqu'Augustin pénètre à son tour dans la *cuisine-salle-à-vivre-communautaire* qui n'a jamais mieux porté son nom.
"*J'sais écrire, mais j'sais pas lire!*" pleurniche le petit garçon. Augustin ramasse le papier et se penche doucement vers l'enfant en lui rendant la feuille constellée de traits en tout sens. Puis, sur un ton qu'il aimerait le plus rassurant possible,
"*Tu vas voir, ça va venir très vite à l'école* "
Manfred sourit, regarde Augustin et ajoute sur le même ton avec une pointe de sarcasme,
"*Et n'oublie pas, un écrivain professionnel débute dans son métier à la maternelle, quand il trace son premier bâton* [g] *... Le problème restant d'avoir quelque chose à écrire, n'est ce pas ?*"

* * *

---

[g] *"Le Prince blessé et autres nouvelles"* de René Barjavel

*
Lettre du commissaire politique de la septième section de Chongking à Li Cheng

A Chongking
Année du Cochon de Terre,
Dernier jour du mois de l'épis à moitié plein

Camarade Li Cheng !

Ton courrier, très fourni, vient de me parvenir et confirme admirablement bien nos doutes sur le comportement infâme de Zhao Tingyang. Sache que cette affaire est en cours de traitement et ne pourra pas se répéter.

Tu as raison d'en déduire le besoin de clamer les bienfaits de nos grands principes moraux auprès de tes contacts à Berlin. L'enjeu est de taille. Les puissances ouvertement anti-chinoises se déchainent contre notre avance technologique réelle qui les inquiète. Au lieu de se déchirer à débattre sur les méfaits du progrès ils feraient mieux de reconnaître notre direction éclairée pour le monde à venir. Il faut continuer à les en convaincre!

Et pour cela nous avons décidé de prolonger ton séjour de six mois, un nouveau contact te sera alloué prochainement.

Le commissaire politique de la septième section de Chongking

" Il faut savoir scinder le fromage en deux pour qu'il s'épanouisse"

Le fromager du bas de la rue des Martyrs

"Bouffer de la merde, ça facilite la digestion"

Jean Yanne

Epilogue

" Karl! Alors! Cette retraite, comment ça se passe ?"
"Ah! Mon cher Augustin, quand je réponds à cette question posée par un ancien collègue, je prétends que je m'ennuie un peu, histoire de lui dire ce qu'il a envie d'entendre, mais entre nous, quelle légèreté retrouvée! Je n'ai pas d'autre mot qui me vienne à l'esprit!"
"La légèreté, cela soulage les ailes du poulet, c'est connu!"
Augustin lit l'étonnement sur le visage de son visiteur et ne se sent pas très fier de son trait humour bon marché. Il s'empresse d'en expliquer la pauvre teneur et pour se faire pardonner, il invite Karl à déguster quelques étrangetés gustatives au restaurant vegan qui vient d'ouvrir, juste en bas de chez lui, rue des Martyrs à Paris. Ils décident de tester quelques fromages, pardon quelques *Vromages*, fabriqués à base de farine de tapioca imprégnée de noix de cajou, de soja ou d'amande. Augustin pose un couteau, encore entaché d'une substance jaunâtre constellée de brins de persils. Il saisit un verre de vin rouge, garanti sans agents de collage d'origine animale, genre gélatine issue d'os de cochons. L'étiquette sur la bouteille longuement commentée par le serveur le certifie. Il boit son verre d'un trait …

"Ne te sens pas obligé de finir ce machin jaune, je dois dire qu'en matière de fromage à éviter à tout prix, il y aurait bien une féroce rivalité avec le Yarg de Cornouaille que j'ai gouté récemment"
"Tu es un vrai Parisien, toujours prêt à critiquer!"
Karl a levé la tête et contemple l'agitation de la rue commerçante. Après un petit instant, il reprend,
"J'ai du mal à croire que c'est dans ce quartier que mon grand père a passé deux ans de sa vie"
Karl fait fait partie de ces rares allemands dont l'ascendance ne s'en est pas trop mal sortie pendant la seconde guerre mondiale. Son père était trop jeune pour être mobilisé même au crépuscule du nazisme et son grand père ancien combattant de 14 ne le fut qu'en 43 pour remplacer les valeureux soldats de la Wehrmacht *gachés* en pays occupé et qu'il fallait envoyer sur le front de l'est. Il avait donc été envoyé à Paris, stationné dans la zone de Pigalle. Il y avait pire. Débonnaire de nature et certainement pas belliqueux, il s'était fait quelques connaissances parisiennes très agréables et utiles. Même si certaines de celles-ci se retrouveront chauves en un certain mois d'Aout 44. Il lui avait suffi de se rendre très vite, dés le début de l'insurrection parisienne, pour qu'il s'en sorte finalement assez bien. Il évita même les déminages meurtriers des côtes françaises qui fût imposé aux prisonniers allemands. Karl avait toujours souhaité honorer son souvenir en allant à Paris visiter ces lieux qu'il avait fréquentés et souvent décrits à ses petits enfants au soir de sa vie. L'invitation d'Augustin Triboulet à passer ses premières *vacances de retraité* à lui rendre visite, n'avait pas pu mieux tomber.

"Raconte moi d'abord, comment la chose s'est-elle conclue à Berlin ?"
Entre les deux hommes, il ne pouvait y avoir d'ambiguïté; la chose se rapportant forcément à la récente arrestation d'Hippolyte Teflon au Matrix club.

"Rien n'est simple en ce bas monde, dois je te l'apprendre ? Ce vieux monsieur très complexe, militant anti-spéciste à ses heures, agent Chinois genre canal historique et quelque peu chaud lapin -

le dialogue des carnes élites

c'est bien l'expression n'est ce pas ? - a fait l'objet d'un traitement spécial."

"Tu veux dire qu'a part le vol d'une camionnette et les graffitis, il n'y avait pas grand chose pour le retenir en garde à vue ?..."

"Exact, il avait lui-même indiqué l'endroit où retrouver la camionnette et surtout, le panda était indemne. Il a été très vite remis en liberté. Son fils Hugo Teflon avait été secoué en découvrant la double personnalité de son père. Surpris ? Peut-être pas, en tout cas pas quand je l'ai interrogé ... Il est venu le chercher au commissariat central. C'était mon dernier jour à bosser. Voir ces deux hommes, que séparent tant d'années mais au fond si semblables avec une telle absence d'empathie réciproque, c'était impressionant! ... Ah ces Teflon! ..."

Karl s'autorise une pause pour, lui aussi, abandonner sa fourchette et en même temps le *Vromage* maintenant verdâtre. Soulagé, il reprend,

"Libéré, enfin si l'on peut dire. Le fils est revenu nous voir le jour même. À son arrivée à Kreuzberg, il y avait une petite bande de jeunes gens, ses amis Vegans venus l'accueillir en héros. Un véhicule, genre SUV noir imposant, aux vitres teintés et à plaque diplomatique l'attendait également. Hippolyte n'avait pas eu l'air surpris et avait fait ses adieux à son fils sans précipitation avant de disparaitre dans la voiture conduite par un Chinois, dixit un des jeunes. Je ne pense pas que c'était pour aller célébrer ensemble le trentième anniversaire de l'insurrection de la Place Tiananmen"

"Un retour forcé à la maison mère ?"

"Difficile à savoir, mais probable. Mon successeur a eu la courtoisie de me renseigner après coup. Il semblerait que ce monsieur Teflon senior était surveillé depuis longtemps par le renseignement extérieur. Il y a de nombreuses opérations d'influences commanditées par la Chine dans les pays occidentaux. Ce qui se cache derrière ce fameux softpower, sans nul doute. Ils font un sacré boulot, il leur faut de la piétaille en tout genre et si possible insoupçonnable. Hippolyte Teflon en était, mais il devenait un peu chère pour ses patrons. Peut être devenait-il trop gourmand ? Je ne

le dialogue des carnes élites

sais pas s'il se faisait livrer de la poudre de corne de rhinocéros aphrodisiaque pour alimenter sa libido, en tout cas son modèle économique chinois ne fonctionnait plus bien. Ses anciennes relations l'ont maintenant sans doute mis à l'abri, dans le meilleur des cas"

* * *

Li Cheng n'a pas perdu de temps à réfléchir. Disparaitre des radars avec Dixlat n'avait jamais été une option. Sa famille au pays, elle le savait, aurait été en première ligne des représailles. En cela, elle se sentait coincée comme son amant. Confirmer son allégeance au Parti avait été plus qu'une formalité. Elle savait que les mots ne suffiraient pas. Elle avait repris son activité à l'université - *comme si ne rien n'était* - s'en étonna un peu Helena - tout en maintenant sa correspondance très régulière avec le commissaire politique de Chongking via une boite postale, *"bien plus pratique et discrète"*, avait-elle expliqué. Elle quitta l'appartement pour s'installer dans un petit logement, toujours dans Kreuzberg, avec Dixlat, au grand dam des parents de celui-ci. Les deux partageaient maintenant le même rêve. Un jour peut être, une exfiltration de Chine serait possible pour leurs proches respectifs et otages virtuels …

Une ultime petite fâcherie avec Uli, le *geek-contestaire*, toujours prêt à en découdre avec toutes les dictatures, qu'elles soient virtuelles ou réelles, avait fini d'éloigner Li Cheng du petit monde de l'appartement de la *Ohlauer Stasse*. Malgré sa reconnaissance envers ses amis, il devenait trop compromettant pour elle d'y passer trop souvent. Manfred et Helena avait bien compris la situation délicate du jeune couple, Uli et Thelma un peu moins. En revanche, tout ce petit monde s'étaient rapproché d'Hugo Teflon maintenant très occupé à parfaire son show clownesque sur la désintoxication numérique. Il y avait quelques perspectives pour le jouer en Allemagne et qui sait, ailleurs[z]. Le trio *Hugo-Auguste, Helena-Clown blanc* et *Uli-Oskar* se retrouvait souvent dans l'appartement pour répéter, au

---

[z] *https://clownsohnegrenzen.org/?lang=en*

grand bonheur d'Arthur et de Tikiflor. Les deux enfants en avaient retiré le privilège de porter un nez rouge, y compris pour aller à l'école. Manfred avait envoyé tous ces détails à son presqu'oncle Augustin, protecteur attitré de la jeune Li Cheng et informateur consciencieux et obligé de Marie-Angèle, toujours inquiète du sort de *son petit Arthur*.

* * *

"Regarde Augustin! Un véritable spécimen!" chuchote Karl. Un homme, la cinquantaine, descend la rue des Martyrs sur le trottoir qui fait face aux deux compères attablés. L'homme se tient droit, sans doute la légère conscience d'être observé. Il porte un bermuda écarlate qui témoigne d'une folle envie d'en découdre avec ce monde bien triste, d'autant qu'une chemise crème à fleurs bleu-roi, entrouverte laisse apparaitre le torse velu d'un héros en puissance. Malheureusement des socquettes blanches émergent d'une paire de *Birkenstocks* et dénaturent l'ensemble. Karl reprend, l'air déçu

"Quel gâchis ces chaussettes!"

"Certes, de toute façon il est trop mûr. J'ai décidé de me méfier des vieux maintenant... "
Augustin se lève, lentement. L'âge sans doute, ou simple allusion à son propos ? Son nouveau complice a un doute sur la question, ce qui le pousse à apporter une précision .

"On devient vieux lorsque l'age dépasse la pointure de ses chaussures"

"Karl ! Le programme est chargé avant ton départ, je te rappelle que nous avons cette réservation au restaurant Tarim, ce n'est pas loin d'ici, mais quand même"

"Au restaurant Ouïgour, Ah oui bien sûr! Tu ne ferais pas une fixation sur ces gens là ?"

"Les Ouïgours c'est comme les Tibétains. Le pouvoir central Chinois aimerait bien les réduire au statut de curiosité culturelle pour touristes mais certainement pas leur accorder plus d'autonomies. Tous les moyens sont utilisés pour les coloniser, les 'han-ni-

fier' en quelque sorte. Maintenant, c'est fait avec la technologie numérique, c'est moins repérable que les camps d'internement. Crois moi, avec la reconnaissance faciale et la note de credit social sur le comportement, on passe à un niveau de répression supérieur"
Karl le regarde avec indulgence. Décidément, il a beaucoup appris à Berlin. Puis, profitant vite du silence, il ajoute,
"Il nous faut aussi aller voir l'avancement des travaux de Notre Dame. J'y tiens!"
Augustin est partagé entre l'amour des vieilles pierres et le rejet de la bondieuserie bien séante qui a inondé les médias après l'incendie de la cathédrale. Mais oui, clairement, il a lui aussi très envie d'y passer.

* * *

* *

*

"Le duc d'Auge monta sur le dos de Sthène qui fit la proposition suivante :
– Que diriez-vous d'aller voir où en sont les travaux à l'église Notre-Dame?
– Comment! s'écria le duc, ils ne sont pas encore terminés?
– C'est ce dont nous nous rendrons compte.
– Si on traîne tellement, on finira par bâtir une mahomerie.
– Pourquoi pas un bouddhoir? un confucius-sonnal? un sanct-lao-tsuaire? Il ne faut pas broyer du noir comme ça, messire! En route! et par la même occasion nous présenterons notre feudal hommage au saint roi Louis neuvième du nom "

Raymond Queneau ; Les fleurs bleus (1965)

Sommaire

chapitre 1   Sang dessus dessous   p. 9

chapitre 2   Où l'on déambule dans Paris, un tant soit peu   p. 12

chapitre 3   Un vrai boute-en-train   p. 25

chapitre 4   Kreuzberg   p. 38

chapitre 5   Et puis d'abord, il y a secte et secte   p. 51

chapitre 6   Detox Woche!   p. 58

Chapitre 7   Faut que ça saigne!   p. 73

chapitre 8   On répète et on ressasse   p. 84

chapitre 9   Un panda peut en cacher un autre   p. 93

chapitre 10 Show time   p.109

chapitre 11 就是他！   p.122

épilogue   p.145

notes

Illustrations

© *didier moity*
© *Elias & Anton production*

p. 2   Encadrement Chinois Fin XIX ième

p. 22   Huit cavalières musiciennes - dynastie Tang
        (Musée des Arts de l'Asie de la Ville de Paris)

p. 80   Tête de Veau, sauce Gribiche
        (Bouillon Chartier)

p. 109 Affiche en l'honneur de Meng Meng et Juo Qing
        (Zoo de Tiergarten Berlin)

p. 157 Tête de Veau
        (selon Arthur)

p. 158 Veau complet
        (selon Tikiflor)

1 Augustin Triboulet

Sexagénaire parisien, héros (malgré lui et très jeune) d'une bande dessinée dans sa jeunesse. Il a (re)pris vie sur le tard, à l'occasion d'un premier petit écrit "Augustin qui n'était pas un saint et les autres". Très éphémère Intervenant au Collège de France, c'est surtout un grand amateur de marches et d'enquêtes en tout genre, autant que de bonnes bières.

2 Spécisme

Madame Wikipedia nous dit : "Le spécisme est la considération que l'espèce à laquelle un animal appartient, par exemple l'espèce humaine, est un critère pertinent pour établir les droits qu'on doit lui accorder. Ce concept éthique est surtout utilisé par les tenants de l'antispécisme, dans un contexte lié aux droits des animaux". On mentionnera également un tag mural maintenant répandu
"Manger quelqu'un est une atrocité, même lorsqu'il n'est pas humain" Tag récurent sur le quai de la gare de la ligne C à Massy-Palaiseau

3 Charlie

Perroquet de la famille des Psittacidés (et non de celle des Strigopidae comme certains ont pu l'insinuer) adopté par Augustin Triboulet. Volatile incontournable dans "Bazar et Cécité".

4 Arthur

Le jeune fils de Manfred et Helena. Facétieux comme on sait déjà l'être à son très jeune âge , il porte le surnom de Triple-A
(prononcer 'tripeul-é') dans "Bazar et nécessité"

5 Marie-Angèle

Concierge du 46 Rue des Martyrs. A pris en affection Augustin Triboulet, moins son perroquet dans "Bazar et Cécité".

6 Li Cheng

Ingénieure chinoise. Jeune collaboratrice de Teddy Iomiri dans "Le monde petit d'Augustin"

7 Digitalosaure

Le digitalosaure s'est progressivement rendue inadapté à l'écosystème dans lequel il vit par la marche en avant des technologies.

Sa disparition programmée rayera de la planète tout individu pré-internet. Y a pas long à attendre.

Ce qui signifie - selon Augustin Triboulet - que l'âge avancé préserverait en tout cas du complexe d'Obelix ; à savoir être né avec le web et donc en être imprégné sans avoir à s'en soucier ... Fausse illusion, fait il remarquer, il suffit de regarder les trentenaires déboussolés par les soubresauts permanents d'un monde numérique qu'ils pensaient pourtant maitriser.

A en croire le journal **Le Monde (11-12 Novembre 2018)**, les digitalosaures se répartiraient en 4 familles. Dans laquelle se reconnaitra-t'on ?

Le Diplodocus abandoniste : Le largué du numérique qui a jeté l'éponge, renonce à effectuer les démarches administratives via internet. Pour commencer, son cerveau de la taille d'une noix ne lui permet pas de mémoriser les mots de passe.

Le Vélociraptor megalo : persuadé qu'il s'en sortira mieux que les autres en achetant le dernier smartphone et connaissant tous les raccourcis clavier. Il craint quand même les jeunes mieux adapté que lui au changement s permanents.

Le Stégosaure technophobe :observateur (de loin) des nouveaux usages asservissants induit par l'internet. Son snobisme humaniste ne le verra pas compter le nombre de « like » sur un compte sur un reseau social. qu'il n'ouvrira jamais.

Le Tyrannosaure complotiste :La techno-sorcellerie veut anéantir la sensibilité du monde et il est prêt a anéantir le premier qui lui parlera de faire sa transformation digitale.

8 *Zhao Tingyang*

Honorable correspondant de Li Cheng homonyme du philosophe contemporain 赵汀阳. *Coïncidence tordue il est vrai mais qui permet au narrateur d'évoquer le soft power (Chinois maintenant comme il le fut américain lors de la guerre froide). Zhao Tingyang (le philosophe) serait un porte-parole officieux du pouvoir tant sa pensée semble offrir le cadre conceptuel idéal au rêve chinois de Xi Jinping. D'aucuns disent que sa philosophie appelée "Tianxia" - tout ce qui existe sous le ciel - , serait l'exact contraire de l'"America first" d'un autre individu.*

9 *Hippolyte Teflon*

Père de Hugo Téflon. Pour le reste ...

10 Manfred de GARGAN
Fantasque neveux-par-adoption d'Augustin. Entrepreneur de start-up high-tech et fasciné par l'agroalimentaire dans "Capilotades exquises" et l'intelligence artificielle dans "Ainsi parla Bacbuc". Membre d'une génération éperdue à la différence d'autres qui ont pu se croire simplement perdues. Il réside maintenant à Berlin avec Helena sa compagne.

11 Helena LEWIS
Fille de Jack Lewis, grand ami d'Augustin. Elle est Professeur de littérature anglaise dans "Soixante-dix-sept" et "Ainsi parla Bacbuc". Elle réside à Berlin avec son compagnon Manfred et enseigne maintenant à l'université.

12 Uli
Colocataire de Manfred et Helena. Compagnon de Thelma il est un Geek très hacktiviste, Clown et végétarien , enfin presque.

13 Thelma
Colocataire de Manfred et Helena, compagne de Uli, végétarienne et diététicienne , grande amie d'Helena

14 Tikiflor
Fille de Uli et Thelma et la meilleure copine d'Arthur. Ça tombe bien les deux enfants habitent dans le même co-appartement

15 Dilxat
Jeune home d'origine Ouïgour. Cuisinier Restaurateur à Kreuzberg.

16 Un commis boucher
A vrai dire il s'agit pas du personnage anonyme dont la révolte contenue face à l'agression vegan qu'il subira est méritoire. Il en est un qui travaille à la boucherie préférée du narrateur: personnage bien en chair, très élégant, un grand sourire éclairant un superbe ensemble barbe-moustache et qui fréquente assidûment un des barbiers les plus réputé de Paris "Les Mauvais Garçons".

17 **Karl Matzerath**
Inspecteur principal de la police Berlinoise également qualifié d'investigateur principal. Cela sonnait bien.

18 **Teddy Iomiri**
Vieil ami d'Augustin qui le retrouve dans le monde petit d'Agustin

19 **Montesquieu** *(Charles Louis de Secondat baron de)*
Il n'a rien à faire dans cette histoire, mais une redécouverte récente de ses lettres persanes a laissé des traces. Manifestement.

* * *

* * *
*